Liaison tumultueuse

MAYA BLAKE

Liaison tumultueuse

Traduction française de
MARIE BACHÉ

AZUR

HARLEQUIN

Collection : Azur

Titre original :
SNOWBOUND WITH THE IRRESISTIBLE SICILIAN

HARPERCOLLINS FRANCE
83-85, boulevard Vincent-Auriol, 75646 PARIS CEDEX 13
Service Clients — www.harlequin.fr
ISBN 978-2-2805-1032-5 — ISSN 0993-4448

Édité par HarperCollins France.
Composition et mise en pages Nord Compo.
Imprimé en septembre 2024 par CPI Black Print (Barcelone)
en utilisant 100% d'électricité renouvelable.
Dépôt légal : octobre 2024.

FSC www.fsc.org MIXTE Papier issu de sources responsables FSC® C159065

Pour limiter l'empreinte environnementale de ses livres, HarperCollins France s'engage à n'utiliser que du papier fabriqué à partir de bois provenant de forêts gérées durablement et de manière responsable.

1

Sa thermos de café à la main, le Dr Giada Parker cligna des yeux en souriant tandis que le vent de l'Antarctique lui fouettait le visage.

Vêtue de son équipement technique, qui la protégeait des températures glaciales, elle aurait pu se mettre l'abri sous le pont du navire de recherche dans lequel elle vivait maintenant depuis quatre mois, mais elle voulait profiter jusqu'au dernier moment de ce paysage à couper le souffle. Car c'était bientôt la fin de son séjour.

Elle sirota son café, grimaçant à l'idée de ce qui l'attendait chez elle à Londres. Ou à Rome. Enfin, partout où sa mère déciderait qu'elles passeraient Noël cette année.

Lors de leur dernière conversation, un mois auparavant, Renata DiMarco n'avait pas précisé le lieu qu'elle avait choisi pour passer les fêtes avec Giada et sa sœur jumelle.

C'était peut-être un blasphème de l'admettre, mais Noël n'était vraiment pas sa période préférée de l'année. Sans doute à cause des disputes qui ponctuaient invariablement ces vacances, surtout quand sa mère avait bu une coupe de trop. Sa sœur, Gigi, supportait mieux les tempêtes mais, contrairement à Giada, elle n'était pas la cible permanente des attaques maternelles.

« Pourquoi perdre ton temps avec ces bêtises ? Tu devrais

prendre exemple sur ta sœur. Elle, au moins, sait profiter de la vie… »

C'est ce que lui avait répondu Renata quand Giada lui avait proposé de venir à la cérémonie de remise de son diplôme de docteur en biologie marine. Avant d'ajouter qu'elle avait autre chose à faire.

Giada s'était convaincue que son absence et celle de sa sœur n'étaient pas importantes. Sans parler de celle de son père qu'elle connaissait à peine et qui n'avait même pas répondu à son invitation. Mais, au moment où, prise de trac, elle s'était avancée sur la scène pour recevoir le prestigieux diplôme, elle s'était sentie affreusement seule et en avait souffert.

Giada avala une autre gorgée du breuvage brûlant en chassant ces pensées amères. Elle jeta un œil à la banquise et fit le vœu d'être délivrée de ces épreuves, sans vraiment y croire. Puis elle rit nerveusement lorsque le navire fit une embardée, la forçant à s'accrocher à la balustrade pour ne pas perdre l'équilibre.

Un avertissement à ne pas tenter le destin, peut-être, songea-t-elle en soupirant.

Dieu merci, elle aurait quelques jours de répit dans son studio londonien avant de rejoindre Renata. Le temps de se préparer émotionnellement à affronter cette mère qui la dénigrait à la moindre occasion.

— Giada ?

Elle tourna la tête, surprise, et aperçut Martin, son patron, qui la fixait en fronçant les sourcils d'un air inquiet.

— Excuse-moi, Martin, j'étais perdue dans mes pensées. Tu as besoin de quelque chose ?

Le froncement de sourcil se dissipa, et un sourire apparut à travers la barbe de plusieurs jours du scientifique.

— Tu étais si immobile que j'ai eu peur que tu te sois transformée en statue. Tu as reçu un coup de fil de ta sœur. Elle te rappelle dans dix minutes.

Une vague d'anxiété s'empara de Giada. Depuis quatre mois,

elle n'avait parlé à Gigi qu'à trois reprises et, à chaque fois, c'est elle qui l'avait appelée. Gigi pouvait oublier l'existence de sa jumelle pendant plusieurs semaines d'affilée et, même si Giada se doutait que c'était lié à sa vie festive et dissolue, cela lui faisait toujours de la peine.

— A-t-elle précisé de quoi il s'agissait ? demanda-t-elle à Martin en le suivant à travers le pont enneigé jusqu'à l'escalier qui menait aux niveaux inférieurs.

— Non, mais elle avait l'air d'aller bien, répondit-il avec un sourire rassurant. On aurait dit qu'elle était dans un bar. Mon Dieu, je paierais cher à l'heure qu'il est pour être en train de boire une pinte dans mon pub préféré !

Giada lui rendit son sourire, mais elle ne prit pas la peine de lui préciser que sa sœur aurait eu l'air décontractée au milieu d'une scène d'apocalypse. D'ailleurs, elle avait toujours envié à Gigi cette capacité à rester imperturbable face aux colères mélodramatiques de leur mère.

Martin la laissa seule dans le petit bureau humide, et Giada but une nouvelle gorgée de café avant de sursauter quand la sonnerie du téléphone retentit.

Du calme.

Elle prit une grande inspiration.

— Allo ?

— Gids, c'est toi ? s'exclama sa sœur d'une voix qui ressemblait étrangement à celle de leur mère.

Giada grimaça en entendant ce surnom qu'elle détestait. Mais à quoi bon demander à Gigi d'arrêter alors qu'elle n'en avait toujours fait qu'à sa tête ?

— C'est moi, dit-elle en resserrant le combiné dans sa main. Tout va bien ?

— J'adorerais te répondre que oui, soupira Gigi, mais je dois t'avouer que je suis un peu embêtée...

— Comment ça, *un peu* ? s'écria Giada d'une voix aiguë. Soit tu l'es, soit tu ne l'es pas. De quoi s'agit-il ?

— Pfff, je savais que tu partirais en vrille avant que j'aie eu le temps de dire deux mots…

— Gigi, on ne s'est pas parlé depuis des semaines, et ce n'est jamais toi qui appelles. Je me doute bien que ce n'est pas pour me demander comment je vais. Alors, vas-y, je t'écoute, ajouta Giada avant d'inspirer lentement. C'est maman ?

Sa sœur renifla dans le combiné.

— Merci pour la culpabilisation, sœurette. Eh non, ce n'est pas maman. Aux dernières nouvelles, Renata se faisait faire un costume sur mesure pour le carnaval de Rio, en février.

— Ne me dis pas qu'on passe Noël au Brésil !

— Qui sait ? Cela dit, ça pourrait être amusant. Ça fait des lustres que je ne suis pas allée à Rio…

— Gigi, coupa Giada d'un ton exaspéré. De quoi voulais-tu me parler ?

— Attends une seconde !

Giada serra les dents tandis que des éclats de rire et des tintements de verres résonnaient dans son oreille. Puis le bruit cessa, et elle comprit que sa sœur s'était déplacée dans un endroit plus calme, ce qui n'augurait rien de bon.

En général, Gigi n'accordait pas beaucoup d'importance à la discrétion.

— D'accord. En premier lieu, tu dois me promettre que cela restera entre nous.

— Quoi donc ?

— Promets d'abord ! insista Gigi.

— Je n'ai jamais trahi un secret que tu m'avais confié.

Contrairement à toi.

À quoi bon formuler cette remarque alors que sa jumelle était tout bonnement incapable de tenir sa langue ?

— Très bien. Alors, voilà. J'ai pris quelque chose qui ne m'appartenait pas vraiment…

Le cœur de Giada fit un bond.

— Pardon ?

Sa sœur avait de multiples facettes, mais elle n'était pas une voleuse. Du moins jusqu'à présent.

— Ne me juge pas trop vite, Gids. J'avais une bonne raison de le faire.

Giada enleva son bonnet en laine. Tout à coup, elle avait trop chaud.

— Je t'écoute.

Sa jumelle marqua une pause.

— J'ai pris quelque chose d'important à un type pour qui j'espérais travailler. Un objet qui compte beaucoup à ses yeux. Et c'est un homme très puissant.

— Mais enfin pourquoi ?

Gigi renifla à nouveau.

— Parce qu'il le méritait, lança-t-elle sans l'ombre d'un remords dans la voix.

Dans des moments comme celui-là, Giada se demandait toujours par quel mystère elles pouvaient être jumelles alors que leurs caractères étaient si diamétralement opposés.

— Gigi...

— Écoute, j'étais un peu pompette quand c'est arrivé, d'accord ? Et puis les gens n'ont qu'à pas faire des promesses qu'ils ne tiennent pas ensuite.

Giada étouffa un rire face à l'ironie de sa remarque, car sa sœur avait déclamé solennellement un nombre incalculable de promesses avant de les rompre sur-le-champ.

— Surtout les hommes, précisa Gigi.

L'envie de rire de Giada se dissipa aussitôt.

— Est-ce qu'il t'a fait du mal ?

Le souvenir de Tom, le petit ami de leur mère, qui avait tenté d'abuser d'elles quand elles avaient quinze ans, surgit dans son esprit. C'était l'une des rares occasions où les jumelles avaient été soudées dans l'adversité.

C'est probablement cet incident qui avait rendu Giada si méticuleuse et Gigi, à l'inverse, totalement dispersée.

— Gigi, qu'a-t-il fait ? insista-t-elle, alors que sa sœur restait silencieuse à l'autre bout de la ligne.

— Je l'ai rencontré il y a quelques mois, et nous avons évolué dans les mêmes cercles pendant un moment. Je l'ai aidé à obtenir des informations auprès d'une de mes connaissances, et il m'a proposé de travailler pour lui. Puis il m'a humiliée publiquement en prétendant que je n'étais pas fiable et que je n'avais pas les qualités requises pour faire partie de son équipe.

Giada souffla, un peu rassurée.

— Donc c'est au sujet d'un job ? Rien de plus ?

Un murmure offensé retentit dans le combiné.

— Ce n'est pas que ça, Gids ! As-tu idée du nombre de portes qui s'ouvriraient pour une influenceuse telle que moi si j'avais le soutien d'Alessio Montaldi ?

— Non, je l'ignore, car je ne sais pas du tout qui il est. Et que proposais-tu de faire exactement pour lui ?

— Tout ce qu'il m'aurait demandé. J'aurais fait n'importe quoi pour ce type.

En entendant la voix désespérée de sa sœur, Giada comprit que c'était grave, et son stress monta d'un cran.

— Donc il t'a refusé le poste. Et que s'est-il passé ensuite ?

Gigi hésita encore à répondre durant plusieurs secondes interminables.

— J'ai pris..., ce que j'ai pris était un... héritage familial, Gids. Une sorte de blason. Et je...

Elle s'interrompit pour inspirer profondément.

— Il le cherchait depuis des années et venait de remettre la main dessus. Je pense que cet objet fait partie d'un plan qu'il prépare depuis longtemps. Quoi qu'il en soit, je me suis dit qu'il me prendrait plus au sérieux si je conservais le blason quelques jours avant de le lui rendre.

Giada agrippait si fort le combiné qu'elle en avait mal aux mains.

— Quand l'as-tu subtilisé, Gigi ?

— Il y a trois semaines. Je voulais seulement attirer son attention pour le faire changer d'avis.

— Écoute, rends-lui simplement l'objet. Tu lui diras à quel point tu es désolée, et je suis sûre que...

— C'est impossible, coupa Gigi.

— Bien sûr que si. Tu renvoies le blason avec une lettre d'excuse et...

— Je ne l'ai plus !

— Comment ça ? s'exclama Giada.

— Je l'ai perdu il y a trois jours...

Giada ferma les yeux, submergée par une vague d'angoisse.

— Oh ! mon Dieu, Gigi !

— J'ai besoin de ton aide, Gids. Je t'en supplie.

— Mais que puis-je faire ? Je suis à l'autre bout du monde.

— Tu rentres bientôt, non ?

— Oui, pour passer Noël avec maman et toi.

— C'est maintenant que j'ai besoin que tu m'aides ! Si Alessio découvre que j'ai perdu son bien, je ne sais pas ce qui peut arriver. Il est puissant et impitoyable. Et il a la réputation de ne jamais se laisser avoir par quiconque.

— Tu crois que cet Italien m'impressionne ? s'exclama Giada en sentant naître au fond d'elle le besoin de protéger sa sœur. Quand je reviendrai, nous lui expliquerons ensemble ce qui s'est passé.

Sa jumelle renifla dans le combiné.

— Il n'est pas italien. Il est sicilien. Et il pense déjà le pire à mon sujet.

— Eh bien, je refuse de lui donner raison, dit Giada d'un ton ferme. C'est pourquoi je pense que tu devrais être honnête et lui avouer ce que tu as fait, puis prévenir les autorités pour signaler la perte de cet objet.

Elle vit presque le haussement d'épaules de sa sœur.

— J'imagine que tu te moques bien de savoir que ce type peut détruire ma carrière d'un coup de fil...

— Gigi...

— Vas-tu m'aider, oui ou non ?

Non.

Le mot flotta sur le bout de sa langue, prêt à être libéré.

Mais Giada savait à quel point sa carrière comptait pour sa sœur. Surtout, cela faisait plus de dix ans qu'elle n'avait pas entendu ce ton alarmé dans la voix de Gigi. Depuis cette dernière confrontation avec Tom, à l'issue de laquelle Renata avait jeté à Giada un regard qui ressemblait fort à de la haine.

Car celle-ci n'avait pas hésité à raconter la vérité, faisant éclater l'illusion de bulle familiale à laquelle sa mère s'accrochait, sans voir ce qui se produisait sous son nez.

Giada savait qu'elle ne le lui avait jamais pardonné.

— Que dois-je faire ? demanda-t-elle à sa sœur en soupirant.

— Me donner du temps pour retrouver le blason, répondit Gigi.

La rapidité de sa réponse montrait qu'elle y avait déjà beaucoup réfléchi. Mais était-ce une bonne nouvelle ?

— Bien. Donne-moi le numéro de ce type, et je...

— Bon sang, Gids ! Tu crois que je t'appellerais si un simple coup de fil suffisait à régler le problème ?

— Alors quoi ?

— J'ai besoin que tu le distraies quelques jours en te faisant passer pour moi, le temps que je retrouve son objet, déclara Gigi.

— Quoi ? Jamais de la vie ! Le piéger ne ferait qu'aggraver ton cas.

— Donc, selon toi, je devrais me présenter les mains vides, tout avouer et prier pour qu'il ne réduise pas ma carrière à néant ou ne porte pas plainte contre moi ?

Pour la première fois depuis longtemps, Giada perçut une note de désespoir sincère dans la voix de sa sœur.

— Gigi...

— Je sais que je n'ai pas un doctorat comme toi mais, bon sang, j'ai vraiment besoin de ton aide, Gids. Alessio ne saura pas qui tu es puisque tu es inexistante sur les réseaux sociaux. Et, autour de moi, à peine deux personnes savent que j'ai une sœur jumelle. Alors, s'il te plaît... dis-moi que tu vas m'aider !

Giada ferma les yeux en entendant le ton suppliant de sa sœur. Car, avant même de reprendre son souffle, elle savait déjà quelle serait sa réponse.

— Ça ne devrait pas être si difficile de la retrouver, avez-vous vérifié les bars à cocktail de la Côte d'Azur ? grogna Alessio dans le combiné du téléphone.

En général, il se targuait de rester imperturbable et de ne laisser aucune émotion prendre le pas sur les autres.

Pourtant, en cet instant, impossible de retrouver le calme légendaire dont il était si fier. D'autant plus que son interlocuteur gardait un silence nerveux à l'autre bout du fil.

— Je vous écoute ! tonna-t-il.

— Pardonnez-moi, *signor*, répondit vivement l'homme. Nous avons surveillé ses repaires habituels. En vain. Elle n'a rien posté sur les réseaux sociaux depuis une semaine et elle n'est pas retournée dans son appartement depuis cinq jours. Mes hommes ont fouillé les lieux, mais n'ont pas pu mettre la main sur l'objet.

— Donc, en gros, vous me dites qu'elle s'est jouée de vous et qu'elle a disparu des radars, c'est cela ?

— Eh bien, oui, murmura son employé d'une voix tremblante.

La colère qu'éprouvait Alessio fut tempérée par une pointe d'admiration envers Gigi Parker. Peut-être n'aurait-il pas dû renvoyer si rapidement cette mondaine impertinente, finalement. Les hommes qu'il avait envoyés à sa recherche étaient efficaces, mais sa meilleure équipe était actuellement engagée dans une autre tâche importante : débusquer les derniers ennemis de sa famille et s'assurer que les pièges étaient correctement tendus pour que sa vengeance soit complète.

Après des années de planification rigoureuse, la date fatidique avait été fixée durant les fêtes. La période de l'année que sa mère préférait.

En revanche, Alessio avait sous-estimé Gigi, il s'en rendait compte à présent. La jeune femme volage qui avait imaginé pouvoir le flatter pour obtenir un emploi avait une certaine profondeur, après tout. Lors de leur rencontre trois mois auparavant, il s'était rapidement fait une idée de cette jeune femme très maquillée aux cheveux blond cendré et vêtue d'une robe moulante. Son opinion avait été confirmée lors de l'entretien lamentable de quinze minutes qu'il avait eu le malheur de lui accorder par la suite.

Peut-être que s'il l'avait prolongé jusqu'à une heure entière… ?

Alessio chassa cette pensée. Quelle importance ?

À l'époque, il ne songeait qu'à retrouver le blason qui permettrait de restaurer l'honneur de sa famille. Mais cette jeune écervelée le lui avait dérobé sur un coup de tête. Tout cela parce qu'elle n'avait pas obtenu ce qu'elle voulait.

Pourtant, dix ans avaient été nécessaires à Alessio pour mettre enfin la main sur le *cresta* Montaldi.

Il devait absolument le récupérer.

Si seulement Massimo avait pu faire sa part, il ne serait pas seul aux commandes de cette situation impossible. Par quel mystère la seule personne à qui Alessio était capable de se fier se trouvait être son play-boy de frère, qui s'intéressait peu à la *vendetta* qui avait animé toute sa vie ?

— Nous avons parlé à l'un de ses amis ce matin, reprit soudain son employé. Il nous a informés qu'elle serait en Suisse. À Gstaad, plus précisément.

Surpris, Alessio fronça les sourcils d'un air méfiant.

— Elle aurait pris le risque de venir si près de chez moi ? Elle n'est tout de même pas bête à ce point…

À moins que ce ne soit délibéré…

Essayait-elle de le narguer ?

Bien que ce ne soit pas de notoriété publique, beaucoup savaient à quel point l'emblème familial incrusté de rubis comptait pour Alessio. Les sommes astronomiques qu'il avait promis en échange de cet objet, pièce maîtresse de son héritage, donnaient une idée de sa valeur aux yeux de tous.

— Peut-être va-t-elle tenter d'établir un contact par le biais de votre frère ? suggéra l'homme.

Alessio leva les yeux vers le plafond. Dans la chambre du premier étage, Massimo dormait, sans doute en proie à une gueule de bois carabinée. Il avait fait la fête jusqu'au lever du soleil, ce qui signifiait que même si midi approchait il ne ferait pas surface avant une heure ou deux.

Alessio était venu en Suisse dans le but de le ramener avec lui en Sicile pour les fêtes de Noël. Une tradition familiale que les frères respectaient chaque année au nom des vœux faits à leur mère. Mais Massimo s'était montré aussi têtu qu'à son habitude, aussi Alessio avait-il accepté de le retrouver au chalet pour un week-end, ce qui ne lui arrivait jamais. En contrepartie, le lundi suivant, ils partiraient tous deux à bord de son hélicoptère. Car il était impératif qu'ils soient de retour en Sicile, afin de montrer à leurs ennemis que le temps des représailles était arrivé.

— Vous la suivez à la trace depuis trois semaines. A-t-elle été en contact avec Massimo ?

— Pas à notre connaissance, répondit son employé. Mais votre frère est un homme beaucoup plus accessible que vous.

Alessio serra les dents, ne pouvant qu'admettre cette malheureuse vérité.

Si son jeune frère avait des souvenirs de ce qui leur était arrivé dans le passé, il les avait refoulés en se plongeant dans une vie de play-boy qui irritait Alessio au plus haut point.

Mais ce dernier avait fait le vœu à leur mère, sur son lit de mort, de protéger son petit frère, quoi qu'il advienne.

Et un vœu est sacré.

Si Gigi Parker cherchait à gagner de l'influence en utilisant son frère... eh bien, ce serait quelque chose d'autre qu'il n'aurait pas vu venir avec cette femme.

— Vérifiez ce point et donnez-moi des nouvelles immédiatement, reprit-il. Je compte sur vous, ajouta-t-il en guise d'avertissement.

— *Se, signor*, répondit l'homme avant de raccrocher.

Alessio se détourna du bureau et se dirigea vers la grande fenêtre pour contempler le paysage immaculé de neige.

Même s'il préférait les climats chauds de la Sicile, il devait reconnaître que Gris-Montana était splendide en hiver.

Avant qu'elle suscite son intérêt, la station endormie avait gagné en popularité, bien qu'à un rythme plus lent que ses voisines prestigieuses de Gstaad et Montreux. Alessio avait pris des mesures pour conserver le charme du lieu dans lequel il appréciait de passer de temps en temps un week-end.

Mais ce n'était pas le moment de rester les bras croisés à admirer la vue. Il avait des choses plus importantes à faire.

Comme mettre au pas ceux qui avaient brisé sa famille.

Pour cela, Alessio devait récupérer l'objet que l'insaisissable Gigi Parker lui avait volé.

Et cela, avant Noël.

Trois heures plus tard, il eut la confirmation que Gigi Parker était bel et bien à Gstaad.

Elle n'avait pas pris la peine de dissimuler sa venue, une autre raison pour laquelle elle ne lui aurait été d'aucune utilité s'il l'avait embauchée. Par-dessus tout, Alessio appréciait que ses employés fassent preuve de discrétion. Lui aussi, d'ailleurs.

À quelques exceptions près. Comme quand il avait fallu évincer un certain président de Cardosia. Lorsque Alessio avait aidé son ami Severino Valente à écarter le chef de l'État corrompu, il l'avait fait en partie pour montrer à ses ennemis l'étendue de son pouvoir.

Mais c'était un cas isolé.

Il se passait très bien du genre de flamboyance de Gigi Parker. Il allait donner une bonne leçon à la jeune femme. Ou peut-être pas. Au fond, cela n'avait pas beaucoup d'importance. Tout ce qui comptait à ses yeux, c'était de récupérer ce qui lui appartenait.

Alessio attrapa les clés de sa voiture la plus rapide mais, alors qu'il se préparait à sortir, son frère dévala l'escalier, vêtu seulement d'un bas de jogging noir. Le jeune homme plaqua d'un revers de main ses cheveux trop longs et fronça les sourcils en l'apercevant.

— Tu sors ? lâcha-t-il. Après m'avoir harcelé pour que je me lève ?

— Je dois aller à Gstaad récupérer quelque chose. Je reviens vite.

Massimo leva les yeux ciel.

— Tu vas encore travailler. Ça t'arrive de lâcher prise ?

— Non. Je n'abandonnerai pas jusqu'à ce que ma promesse envers *matri* soit tenue, ajouta Alessio.

Les deux frères se toisèrent un moment, puis le plus jeune hocha brièvement la tête avant de se diriger vers la cuisine, sans doute en quête d'un remède contre la gueule de bois.

— On se voit plus tard alors, lança-t-il d'un ton désinvolte. Il est possible que je retrouve quelques amis pour un déjeuner tardif, si jamais tu veux nous rejoindre.

Alessio expira lentement pour tenter de se calmer. À trente ans, Massimo était un adulte. Il ne pouvait pas le garder sous clé.

— *Ciao*, fit-il, avant de s'immobiliser, la main posée sur la poignée de la porte. *Frati ?*

— *Se ?* répondit Massimo en lui jetant un regard par-dessus son épaule.

— J'ai rendez-vous avec Gigi Parker. Tu la connais ?

— Non. Je devrais ? répliqua le jeune homme en levant un sourcil.

Alessio fut aussitôt convaincu de la sincérité de son frère.

— *No. Arrivederci.*

La Lamborghini Custom parcourut rapidement les kilomètres qui séparaient Gris-Montana de Gstaad. En moins de deux heures, Alessio fut arrivé à destination.

Il consulta le message que son équipe lui avait envoyé. Bien qu'on ne soit qu'en milieu d'après-midi, Gigi se trouvait déjà dans un bar bien connu de la station de ski. Autrefois très chic, l'établissement avait connu quelques difficultés financières qui l'avaient obligé à ouvrir ses portes au tout-venant.

Alessio esquissa une grimace et, après avoir confié ses clés au voiturier, il pénétra dans l'obscurité du bar.

Tous les regards se posèrent sur lui tandis qu'il se dirigeait vers le prétendu salon VIP. Au moins, le lieu connaîtrait un regain de visiteurs lorsqu'il serait annoncé qu'Alessio Montaldi était venu ici.

Mon cadeau de Noël, pensa-t-il amèrement en entrant dans le salon. Il observa la pièce aux lumières tamisées. Dans un coin, un groupe de skieurs rubiconds enchaînaient les verres d'alcool en éclatant de rire. D'autres clients affalés dans des fauteuils en cuir se faisaient servir par des hôtesses légèrement vêtues qui tenaient des plateaux à la main. Mais le groupe qui retint l'attention d'Alessio se situait au milieu de la salle.

Plus précisément, son regard se porta sur la femme qui se tenait au centre. Dos à lui, elle brandissait une bouteille de champagne comme si elle était la statue de la Liberté, tandis que son autre main était posée sur sa hanche courbée.

Un projecteur astucieusement placé illuminait ses longs cheveux blond cendré dont les mèches épaisses et ondulées tombaient normalement à mi-hauteur de son dos. Mais, comme la jeune femme levait la tête vers le plafond, ses pointes effilées caressaient le haut de ses fesses rebondies moulées dans une robe à paillettes argentée. La robe elle-même se terminait à mi-cuisse par une bande de plumes vaporeuses qui se balançaient lorsqu'elle roulait les hanches en rythme avec la musique.

Quand elle interrompit ses mouvements, le groupe se mit à applaudir et à scander son nom.

Gigi ! Gigi ! Gigi !

Elle se remit à bouger les hanches plus rapidement comme si elle s'abandonnait au tempo hypnotisant des accords de jazz, à la grande joie de ses adorateurs.

Puis elle se tourna lentement, de sorte qu'Alessio put distinguer son profil.

Il fronça les sourcils tandis qu'une vague de chaleur naissait dans son ventre, puis remontait de sa poitrine jusqu'à sa gorge. Ses mains se crispèrent dans les poches de son manteau, et ses épaules se tendirent pour des raisons qu'il ne parvenait pas à comprendre.

La Gigi qu'il avait rencontrée il y a des mois avait-elle pris des rondeurs depuis leur dernière entrevue ? Ses lèvres étaient-elles aussi charnues ?

Les regards qu'elle lançait aux mâles qui l'entouraient semblaient presque... timides, alors qu'avec lui elle s'était montrée très effrontée.

Il fronça les sourcils, exaspéré. Quelle importance ?

Ses interactions avec cette femme ne s'étendraient pas au-delà de ce soir. Une fois qu'il aurait récupéré ce qui était à lui et qu'il lui aurait donné une bonne leçon.

Ce qu'il ne pouvait pas faire s'il restait à l'autre bout de la pièce.

Alors pour quelle raison était-il incapable de bouger ?

Pourquoi son regard était-il rivé sur cette femme qui offrait un spectacle vulgaire à une demi-douzaine d'hommes et de femmes qui semblaient aussi captivés que lui ?

— Monsieur ? Puis-je vous proposer...

Alessio renvoya la serveuse d'un bref mouvement de la tête sans détacher les yeux de Gigi, qui tendait désormais le doigt vers l'un des hommes du groupe. Celui-ci tomba de sa chaise avant de ramper jusqu'à elle et de se tenir à genoux, immobile. Alors, elle abaissa son bras mince qui tenait la bouteille de champagne, et l'homme ouvrit joyeusement la bouche pour recevoir le liquide pétillant. D'autres rires fusèrent tandis qu'elle continuait à verser du champagne sur le type jusqu'à ce qu'il soit trempé, pour son plus grand plaisir.

Lorsqu'elle s'interrompit, il se releva et posa les mains sur les hanches de Gigi.

Aussitôt, Alessio s'avança vers eux, pris d'une fureur aussi brutale qu'inexpliquée.

Sans doute en avait-il assez de ce spectacle affligeant mais, à mesure qu'il s'approchait, il comprit que ce qu'il voulait avant tout c'est que cet homme ôte ses mains d'elle.

— À qui le tour ? s'exclama Gigi en effectuant un déhanchement rapide qui la dégagea de l'emprise de son adorateur.

— À personne. Votre petite fête est terminée.

Des murmures indignés retentirent et s'éteignirent à mesure que les têtes se tournaient vers Alessio. Sur les visages stupéfaits, les réactions passèrent de la surprise au choc, puis à la méfiance tandis que les chuchotements allaient bon train.

Au centre de la scène, Gigi se figea et écarquilla les yeux.

Alessio dut reconnaître qu'elle avait un certain talent de comédienne.

Le mouvement saccadé de sa poitrine et le léger frémissement qui sembla la parcourir firent glisser le magnum de champagne de sa main mouillée, répandant le liquide sur le tapis bon marché.

Gigi cligna des yeux rapidement et examina Alessio des pieds à la tête avant d'inspirer profondément.

Sa performance d'actrice aurait trompé n'importe qui. Mais pas lui. Alessio avait subi bien trop de fourberies pour que ce type de subterfuges fonctionne avec lui.

Et, malgré l'étrange chaleur qui se diffusait à travers son

corps, il resta immobile, les sourcils froncés, en attendant la réaction de la jeune femme.

Celle-ci ferma les yeux un court instant avant de les rouvrir pour les plonger dans les siens.

— Monsieur Montaldi... Alessio, quelle bonne surprise !

2

Giada aurait aimé pouvoir contrôler les battements fous de son cœur.

Elle était dans un état de stress qui dépassait l'entendement. Mais hors de question d'aggraver la situation en s'effondrant sur le sol. D'une part, sa ruse tomberait à l'eau, car elle dévoilerait aussitôt sa couverture. D'autre part, elle craignait que le tapis à ses pieds ne contienne des substances avec lesquelles elle n'aimerait pas que sa peau entre en contact.

Mais, malgré ses efforts, elle devinait que son pouls battait à une vitesse alarmante.

C'était une chose de cliquer sur Internet à la recherche de photos de cet homme et une autre de le voir en chair et en os, à quelques mètres d'elle.

Car la véritable version d'Alessio Montaldi était autrement plus impressionnante. Sans parler de ses yeux. Dans la lumière tamisée du bar, Giada ne pouvait distinguer s'ils étaient en or foncé ou en bronze. Mais elle devinait avec quelle efficacité ils pourraient réduire de simples mortels à un état de sidération complète.

Elle avait été sceptique lorsque Gigi avait insisté sur le fait qu'il lui suffisait de se rendre dans ce bar pour attirer l'attention d'Alessio Montaldi. Ensuite, elle avait espéré qu'il enverrait ses hommes pour gagner du temps avant de le rencontrer en personne. Parce que, même si deux semaines s'étaient écoulées depuis cet appel téléphonique au terme duquel elle avait accepté d'aider sa sœur, Giada savait qu'elle n'était pas prête.

Il suffisait de voir la façon dont elle venait de l'accueillir.

Car elle avait oublié de demander à Gigi comment saluer l'homme imposant qui la fixait maintenant d'un regard insondable et empreint de dédain.

Elle ne rêvait que d'une chose, s'enfuir de cet endroit. Seulement, elle avait promis à sa sœur de faire tout ce qui était en son pouvoir pour lui donner le temps de rectifier son erreur.

Hors de question de laisser tomber au premier imprévu.

Mais, avant qu'elle puisse parler, Jean-Luc se releva devant elle et fit glisser une main autour de sa taille, un sourire béat au coin des lèvres.

— Tout va bien, *darling* ? bredouilla-t-il, totalement inconscient du fait qu'il avait attiré sur lui l'attention d'Alessio Montaldi.

Giada s'écarta de lui avec un rire léger qui sonna faux.

— Évidemment, Jean-Luc ! lâcha-t-elle.

Elle avait remarqué que ce dernier avait la main baladeuse dès qu'il avait un verre dans le nez et elle avait mis au point plusieurs stratagèmes pour lui échapper. Contrairement à sa sœur, qui se serait laissé faire en riant.

Son cœur fit un bond quand Alessio posa à nouveau le regard sur elle et plissa les yeux d'un air méfiant.

S'était-elle déjà trahie ?

Elle inspira profondément et s'avança vers lui sur ses talons vertigineux. Puis elle posa les mains sur ses bras, se hissa sur la pointe des pieds et déposa un baiser sur sa joue.

Mon Dieu ! Il sentait divinement bon... un parfum de brumes océanes mêlées à la fumée de bois.

Giada réprima un gémissement et sentit sous ses doigts les muscles puissants d'Alessio se tendre.

Une vague de chaleur la gagna, et elle se hâta de prendre la parole pour dissimuler son trouble.

— Je ne savais pas que vous étiez en ville.

Elle fit un pas en arrière et vit la mâchoire d'Alessio se contracter tandis que ses yeux restaient rivés sur elle.

— Vraiment ?

Sa voix grave et profonde s'enroula autour d'elle comme une caresse, et elle sentit des petits picotements la parcourir. Elle élargit son sourire.

— Bien sûr. Sinon, je vous aurais contacté pour vous proposer de boire un verre. En souvenir du bon vieux temps.

Il la fixa en silence durant de longues secondes terrifiantes.

— Je vous conseille de ne pas jouer à cela avec moi, mademoiselle Parker.

Un murmure retentit à travers le groupe, et Alessio se tourna lentement pour examiner les joyeux lurons avec qui elle avait fait connaissance moins de quarante-huit heures auparavant.

— Je paie vos tournées pour le reste de la soirée si vous disparaissez, dit-il d'une voix calme qui contrastait avec la rage qui semblait l'animer.

Le petit groupe le considéra, bouche bée, puis des chuchotements excités se firent entendre. Quand Jean-Luc leva une main pour tenter d'atteindre l'épaule nue de Giada, Alessio baissa la tête vers lui et le transperça d'un regard furieux qui suspendit son geste.

— Maintenant, ordonna-t-il doucement.

En une fraction de seconde, tout le monde se volatilisa vers le bar. Restée seule auprès d'Alessio Montaldi et son regard de braise, Giada eut soudain de la peine à respirer. Tentant de réprimer la vague de panique qui menaçait de la submerger, elle se força à sourire.

— Eh bien ! Il semble que vous ayez fait fuir mes amis. À quoi vais-je donc pouvoir occuper ma soirée à présent ?

Il avança d'un pas, et elle dut lever la tête pour soutenir son regard. Il la toisa lentement, explorant tranquillement son visage, son cou et sa robe bien trop décolletée. Lorsque leurs yeux se croisèrent à nouveau, Giada perçut toujours du dédain, mais elle vit aussi briller une flamme plus sombre dans les profondeurs obscures de ses prunelles.

— Voici une suggestion. En un simple coup de fil, je vous fais arrêter. Qu'en pensez-vous ?

Un vent de panique la saisit. Mais elle parvint à passer les doigts dans ses cheveux, ainsi qu'elle avait vu Gigi le faire des milliers de fois. Retenant son souffle, elle constata qu'Alessio suivait son geste, des étincelles dans les yeux. Allait-elle se lécher le contour des lèvres maintenant ou était-ce exagéré ?

Le problème, c'est qu'à cette pensée elle sentit une étrange chaleur se répandre entre ses jambes. Alors, à la place, elle se contenta d'incliner la tête sur le côté et d'adresser à Alessio un sourire lumineux, priant pour que sa nervosité ne soit pas trop visible.

— Bien entendu, je préférerais éviter cette option, lança-t-elle d'un ton léger. De plus, je sais que je suis déjà entièrement à votre merci.

Elle baissa les yeux pour examiner ses ongles vernis et taillés en pointe.

— Car c'est bien le cas, n'est-ce pas ? ajouta-t-elle sur le ton taquin que Gigi employait quand elle s'adressait à un homme.

Sans attendre sa réponse, elle s'éloigna de lui et se dirigea vers un canapé vide, consciente que le regard d'Alessio ne la quittait pas. Elle s'assit et croisa les jambes tout en l'observant à travers ses longs cils maquillés.

Les yeux d'Alessio s'étrécirent, et il serra la mâchoire en s'approchant d'elle. Mais, au lieu de s'installer sur le canapé, comme elle s'y attendait, il prit place directement sur la table basse en face d'elle. Les coudes sur les genoux et le corps penché en avant, il occupait tout son champ de vision, et elle le fixa sans pouvoir réprimer un frisson.

— Cessez de jouer avec moi, mademoiselle Parker.

Elle se passa à nouveau la main dans les cheveux.

— Gigi. Je suis sûre de vous avoir déjà dit de m'appeler par mon prénom.

— C'est vrai. Et vous souvenez-vous de ce que j'ai répondu alors ? répliqua-t-il en la transperçant de son regard laser.

Oh non !

Giada baissa les cils.

Quels étaient les conseils de Gigi ?

« Maintiens la conversation sur un thème général et évite les détails. Il a un esprit si vif qu'il peut te piéger en une seconde. »

Elle fit un geste insouciant de la main avant de la poser sur sa cuisse. En voyant que le regard d'Alessio avait suivi son mouvement, elle réprima à grand-peine une envie de gigoter.

— Probablement quelque chose de désagréable. Mais, comme vous pouvez le constater, je n'aime pas suivre les règles.

— Croyez-moi, cela ne m'a pas échappé. Où est mon blason ? ajouta-t-il d'un ton glacial.

Giada sursauta et se força à rire.

— Je vois que nous passons directement aux affaires... Vous ne m'offrez pas un verre d'abord ?

— Non. Et vous et moi n'avons aucune affaire ensemble. Vous avez volé un objet qui m'appartient. Vous n'êtes qu'une idiote si vous pensez avoir le moindre moyen de pression dans cette histoire.

Un éclair de fureur traversa les yeux de Giada.

— Je n'aime pas qu'on me traite d'idiote, Alessio.

Sa mère avait utilisé ce mot trop souvent pour la qualifier. Comme quand Giada avait déclaré vouloir poursuivre ses études ou qu'elle avait refusé d'approuver les dépenses extravagantes de Renata DiMarco à Paris, alors qu'elles n'en avaient pas les moyens.

— Quand on m'insulte, je deviens désagréable, ajouta-t-elle en guise d'explication.

— Vraiment ? C'est surprenant dans la mesure où toutes vos actions vous exposent à ce risque. À commencer par le vol.

Giada savait qu'elle – ou plutôt sa sœur – méritait cette remarque. Mais elle fut incapable de refréner sa colère.

— En supposant que je vous aie pris cet objet, ne vous est-il pas venu à l'esprit que j'aurais pu le faire pour vous prouver quelque chose ? lança-t-elle sur un ton de défi.

Gigi avait beaucoup insisté sur le fait qu'Alessio *finirait* par comprendre son geste malavisé, mais Giada était restée sceptique. Seul le désespoir la poussait maintenant à avancer cet argument et, face au regard incrédule qu'il lui lança, elle comprit que sa sœur s'était lourdement trompée.

— Quel que soit le point que vous espériez faire valoir, il a perdu de sa pertinence dès l'instant où vous avez commis ce vol.

Comme c'était énervant qu'il ait encore raison !

À bien des égards, ce qu'avait fait Gigi était répréhensible. Mais, après avoir rencontré Alessio Montaldi, Giada commençait à comprendre ce qui avait poussé sa jumelle à agir de manière aussi téméraire. Car cet homme était fascinant, troublant et doté d'une autorité innée qu'elle percevait dans le regard des gens qui se recroquevillaient devant lui dès qu'il parlait. Il suffisait de voir l'attitude déférente des serveurs ou les regards furtifs que lui lançaient les clients du bar, attentifs au moindre de ses gestes qu'ils colporteraient ensuite en exultant de fierté.

Comment leur en vouloir ?

Elle-même était captivée par la présence envoûtante d'Alessio. Sans compter son parfum enivrant aux effluves d'océan et de bois fumé et ses yeux sombres fixés sur elle...

Elle devait à tout prix se ressaisir. *Maintenant.*

— Même si l'acte présumé visait à révéler les failles de votre système de sécurité ? lança-t-elle.

Le visage d'Alessio se tendit.

— Vous avez une minute pour me dire où se trouve mon blason, sinon...

— Je pense que nous avons établi que je ne suis pas sensible aux menaces, Alessio, coupa-t-elle en enroulant une mèche de cheveux autour de son doigt tandis que son cœur battait à tout rompre dans sa poitrine.

Les yeux d'Alessio s'assombrirent sous l'effet de la fureur, et elle ne put réprimer un frisson.

— Lors de notre dernière rencontre, beaucoup de points m'ont frappé à votre sujet, déclara-t-il d'un ton glacial. Mais l'imprudence extrême n'en faisait pas partie.

Giada aurait dû cesser de le défier. L'homme en face d'elle était clairement à bout de patience, mais, étrangement, elle trouva excitant d'avoir réussi à le mettre dans cet état.

— Eh bien, disons que c'est une autre de mes compétences, répliqua-t-elle en souriant d'un air coquin.

Alessio pencha la tête en arrière, une lueur perplexe dans les yeux, comme s'il n'en revenait pas de son audace.

Mais soudain il se leva d'un bond et la fixa en silence. Giada eut le sentiment que tout son corps allait s'enflammer. Il la parcourut du regard des pieds à la tête. Une fois. Deux fois. Elle entrouvrit les lèvres, le souffle court. Ses seins étaient tendus contre sa robe déjà serrée, et elle devinait qu'il voyait ses tétons pointer à travers le tissu fin. Elle se passa lentement la langue sur la lèvre inférieure.

Que lui arrivait-il ?

Mais, après tout, c'était normal qu'elle réagisse de cette façon. En tout cas, c'est ainsi que l'aurait fait Gigi, qui se laissait toujours aller à ses désirs. Elle se délecterait sans doute d'être l'objet d'un examen masculin comme celui-ci et soutiendrait son regard avec la même audace.

En revanche, Giada en était incapable. Surtout quand l'homme en question était si puissant… et sexy.

Elle devait admettre malgré elle qu'Alessio Montaldi était tout simplement incroyable. Très loin des scientifiques qu'elle fréquentait habituellement. Des hommes peu dominants, dévoués à leur travail, amicaux mais pas très virils.

Alessio était *l'essence même* de la virilité. Et il posait un regard possessif et impérial sur tout ce qu'il regardait.

Mais tu ne lui appartiens pas.

Le cœur battant, Giada prit une grande inspiration et releva la tête pour le défier, mais alors il se pencha vers elle et la souleva dans ses bras. Tout son univers bascula et, avant qu'elle puisse comprendre ce qui lui arrivait, Alessio se fraya un chemin à travers la foule des clubbeurs.

Mon Dieu, il l'avait jetée par-dessus son épaule !

— Mais qu'est-ce que vous f...

— S'il vous reste un peu de bon sens, je vous conseille de vous taire, marmonna-t-il.

Giada ouvrit la bouche pour lui lancer une volée d'insultes mais elle en fut incapable, car alors il posa ses mains chaudes à l'arrière de ses cuisses, et elle eut le sentiment qu'une pluie de chaleur grésillait à travers tout son corps.

Bien sûr, il n'avait fait cela que pour l'empêcher de tomber, mais le gémissement qui s'échappa involontairement de sa gorge fut heureusement noyé par la musique et les bavardages qui accueillaient son départ en fanfare. Giada sentait ses seins bouger contre lui à chacun de ses pas et elle n'eut d'autre choix que de s'agripper à son manteau pour se stabiliser.

— Reposez-moi tout de suite à terre, ordonna-t-elle.

— Vous êtes sûre ? Vous semblez pourtant adorer vous donner en spectacle.

Giada retint sa respiration tandis qu'il gravissait l'escalier qui menait à l'extérieur. Bringuebalée à chaque marche, elle voulut se retenir mais, quand elle tendit les bras, elle ne put qu'attraper les fesses fermes d'Alessio.

Il s'immobilisa.

Elle ferma les yeux, plus mortifiée que jamais mais, alors qu'elle s'apprêtait à dire quelque chose, n'importe quoi qui la sorte de cet embarras, il s'adressa à un serveur qui s'empressa de lui répondre. Puis il sortit du bar à grandes enjambées.

Ses menaces ne fonctionnaient pas.

Alessio ne se souvenait pas de la dernière fois où il avait été aussi perplexe. Il aurait été enclin à croire que Gigi avait perdu la raison à cause de l'alcool ou de la drogue s'il ne l'avait pas regardée dans les yeux.

Des yeux époustouflants qui étincelaient de provocation et d'intelligence. Des yeux qui le défiaient.

Remets-la aux autorités. Laisse-les faire.

Il connaissait plusieurs responsables haut placés dans les forces de l'ordre suisse. En moins de quinze minutes, elle serait menottée.

Alors pour quelle raison hésitait-il ?

Et pourquoi diable ne parvenait-il pas à détacher le regard... et les mains... de cette femme ? Il l'avait à peine remarquée au cours des deux semaines qu'il avait passées en Europe l'été précédent, lorsqu'il avait dû régler les problèmes de scandales qui impliquaient certains membres de familles royales. Gigi évoluait en marge de fashionistas et mondains particulièrement fêtards qui faisaient souvent la une des tabloïds. Elle ne l'avait intéressé que parce que ses compétences en relations publiques s'étaient révélées utiles.

Mais pourquoi diable avait-il accepté de la recevoir en entretien par la suite ? Il avait dû boire un whisky de trop.

En tout cas, il ne se rappelait pas l'avoir trouvée *aussi* séduisante.

Agir comme un homme des cavernes n'était pas dans ses habitudes. Mais impossible de la laisser plus longtemps jouer avec ses cheveux et battre des cils comme s'il n'était qu'un adolescent fasciné. Son répertoire téléphonique débordait de beautés prêtes à partager son lit en un clin d'œil.

Alors, comment expliquer que cette femme-ci le trouble autant ?

Elle était en possession de l'objet pour lequel son père était mort, voilà tout. Le blason que sa mère avait désespérément souhaité retrouver pour restaurer l'honneur de sa famille. En vain. Elle s'était éteinte avant que son espoir se réalise.

Alessio était outré que Gigi Parker se montre ainsi cavalière avec quelque chose de si fondamental à ses yeux.

Il était le fils aîné d'une famille sicilienne ancienne et autrefois respectée. Une famille qu'il était déterminé à rebâtir.

Il prévoyait de donner une bonne leçon à Gigi avant d'en finir avec elle. Et si cela impliquait qu'il soit frustré car sa peau était douce, que ses courbes pleines se pressaient contre son corps et que ses fesses rebondies attiraient son regard... *bene*, il serait frustré.

— Reposez-moi, cria-t-elle à nouveau.

Luttant contre un désir aussi brutal qu'inexpliqué, Alessio fit quelques pas en direction de sa voiture qu'on avait amenée devant l'entrée du club, puis il déposa sans ménagement la jeune femme près de la portière du côté passager. Elle cligna des yeux rapidement, les joues rouges.

Ressemblait-elle à cela lorsqu'elle faisait l'amour ?

Il secoua la tête pour chasser cette pensée, mais le regard furieux qu'elle lui lança ne fit qu'accroître son désir.

— Où est mon manteau ? s'enquit-elle. Il fait glacial ici.

Alessio faillit répliquer qu'elle aurait dû y penser avant de le défier mais, au lieu de cela, il ôta le sien et le posa sur ses épaules. Il crut déceler un éclair de surprise dans le regard de Gigi, mais très vite elle reprit sa moue désapprobatrice.

— Je ne partirai pas sans mes aff...

Elle s'interrompit en apercevant le videur qui, selon les instructions qu'il avait données, revenait avec son sac à main ainsi qu'une veste à paillettes totalement ridicule. Gigi fit le geste d'enlever le manteau d'Alessio, mais il le maintint sur ses épaules.

— Gardez-le, dit-il. Plus vite nous partirons d'ici, mieux ce sera.

Il ouvrit la portière et l'invita d'un geste à monter dans la voiture. Elle jeta un œil à l'intérieur du véhicule, et il nota avec satisfaction que son pouls pulsait rapidement à la base de son cou. Bien. Elle était plus nerveuse qu'elle ne voulait le montrer.

— Vous pouvez oublier cet endroit pour ce soir, reprit-il quand elle se tourna vers le bar comme si elle hésitait. Allons, ne tardons pas.

Gigi lui adressa un regard tranquille et, l'espace d'une seconde, Alessio lui envia sa capacité à se débarrasser aussi aisément de ses responsabilités.

C'est un luxe qu'il n'avait jamais pu se permettre. Pas depuis que son enfance lui avait été impitoyablement arrachée.

— Vous avez raison, déclara-t-elle. Plus vite nous obtiendrons tous deux ce que nous voulons, plus vite je serai de retour auprès de mes amis, n'est-ce pas ?

Elle prit place dans l'habitacle de sa voiture de sport et croisa ses longues jambes fines l'une sur l'autre.

Dulce cielo.

Alessio claqua la portière et secoua la tête avant de contourner la Lamborghini et de s'installer au volant.

Il avait des devoirs à accomplir. Hors de question de laisser cette femme exaspérante et terriblement sexy se mettre en travers de son chemin.

— Vous avez trente secondes pour me donner notre destination, annonça-t-il en jetant un œil à sa montre. Je suggère que ce soit le lieu où se trouve mon blason. Attention, si vous me mentez, je décide de la suite des événements, et cela ne vous plaira pas du tout.

3

Giada fit semblant de regarder par la fenêtre pour s'offrir un temps de réflexion. Et calmer l'angoisse qui lui serrait la gorge comme un étau. Gigi avait prétendu qu'Alessio était pareil à un requin froid et insensible. Un mâle alpha doté d'un roc en guise de cœur, qui déchiquetait impitoyablement ses adversaires dans son sillage.

Pourtant, le comportement qu'il avait adopté au cours des dix dernières minutes semblait indiquer le contraire. Même maintenant, elle devinait l'émotion qui palpitait en lui, à ses doigts agrippés au volant et sa poitrine qui se soulevait à chacune de ses respirations tandis qu'il la transperçait de son regard volcanique.

Giada était de plus en plus impressionnée par cet homme. Tout comme elle avait été troublée par la fermeté de ses muscles sous...

Non.

Elle ne devait pas penser à son corps. À sa mâchoire dure comme du granit, ses pommettes ciselées et la façon dont leurs angles parfaits dessinaient son visage à couper le souffle. Ni à sa bouche sensuelle qui évoquait ses origines latines...

Ça suffit !

Elle secoua la tête pour dissiper la toile sensuelle qui se tissait dangereusement dans son esprit. Giada ignorait pourquoi cet homme lui faisait cet effet incroyable, mais cela devait cesser. Elle ne permettrait pas que cette folie continue.

Réfléchis... quels mots a-t-il employés ?

Ah oui ! Il l'avait menacée de prison ou pire.

Elle inspira profondément et gémit presque de désespoir en le voyant enfoncer ses ongles dans le volant de sa voiture. Non, Alessio n'était certainement pas insensible.

Elle s'efforça de se rappeler tout ce que Gigi avait dit et elle s'éclaircit la gorge avant de se tourner vers lui.

— Je vais vous rendre votre blason. Mais avant cela vous me devez une faveur.

Une lueur d'incrédulité froide brilla dans les yeux d'Alessio Montaldi.

— *Sei serio adesso ?*

Vous êtes sérieuse ?

— *Sì, io sono*, répondit-elle sans réfléchir d'une voix rauque qui envoya une impulsion étrange dans son corps.

Alessio inspira brusquement comme si lui aussi avait été traversé par cette sensation. Elle devait à tout prix reprendre le contrôle, sinon, mon Dieu, elle risquait de perdre la tête et de faire échouer cette mission avant d'avoir aidé sa sœur. Les mains agrippées à l'épais manteau en laine d'Alessio, elle se força à poursuivre :

— Tout ce que je demande, c'est que vous m'accordiez ce à quoi je n'ai pas eu droit lors de notre dernière réunion. Pour commencer, vous avez écourté l'entretien. Vous avez eu des mots désagréables et vous m'avez jugée sans me laisser la possibilité de me défendre. Au minimum, vous me devez une faveur pour le service que je vous ai rendu à Monaco.

Giada expira lentement, soulagée d'avoir récité sans se tromper ce que sa sœur lui avait répété un millier de fois.

Mais son assurance s'envola en fumée quand elle croisa le regard furieux d'Alessio.

— Vous êtes donc sérieuse, lâcha-t-il d'une voix sombre.

Vous voulez un entretien avec moi, maintenant ? Mais, après ce que vous avez fait, je serais un idiot de vous laisser approcher de mon entreprise.

Giada se força à hausser les épaules d'un air désinvolte.

— Ou alors, cela vous permettra de juger pleinement de mon potentiel. Après tout, j'ai réussi à subtiliser votre précieux blason familial en un tour de main...

Il serra les mâchoires à ce rappel.

— Ce que vous oubliez, c'est que je n'emploie pas de cambrioleurs de bas étage ni de voleurs à la sauvette.

— Je ne suis rien de tout cela, répliqua-t-elle. Je vous ai dit que j'avais agi sur une impulsion pour vous prouver quelque chose. Oh ! et je ne souhaite pas seulement un entretien, ajouta-t-elle bravement.

— *Santi copra*, jura Alessio dans sa barbe.

Giada se hâta de poursuivre, avant que le grondement de colère ne se transforme en éruption volcanique. Alessio était connu dans le monde entier pour ses talents de « fixeur », ce métier confidentiel qui consistait à être capable de régler un problème, quel qu'il soit.

— On dit que vous savez vous montrer équitable quand cela vous convient.

Il lui lança un regard meurtrier.

— Inutile de me flatter. Où voulez-vous en venir ?

— Voilà, dit-elle le cœur battant : confiez-moi une tâche. Laissez-moi fixer une situation pour vous. Si j'échoue, vous récupérez votre précieux blason, et nos routes se séparent aussi simplement que cela.

— Et si vous réussissez ? demanda-t-il sur un ton qui insinuait clairement qu'il ne pensait pas que cela soit possible.

Giada fit glisser ses doigts sous le manteau épais pour camoufler ses tremblements, espérant secrètement qu'elle ne compliquait pas l'avenir de sa sœur avec cette proposition périlleuse. Car elle n'avait pas la moindre idée des talents requis pour être le « fixeur » d'un Sicilien aux yeux de volcan.

— Vous m'intégrez dans votre équipe, ou vous écrivez une lettre de référence suffisamment éloquente pour que je puisse trouver du travail auprès de quelqu'un d'autre.

Un silence épais s'installa dans la voiture.

Giada resta immobile tant qu'elle put, puis elle leva la tête vers lui et constata qu'il la fixait avec une expression impénétrable.

— Vous avez envie *à ce point* de travailler pour moi ? demanda-t-il à voix basse.

— Oui, murmura-t-elle.

— À Monaco, si ma mémoire est bonne, vous vous intéressiez plus aux avantages que pourrait vous apporter ce travail qu'à ce travail lui-même.

Giada réprimanda en pensée sa sœur pour sa frivolité, avant de hausser à nouveau les épaules.

— C'était avant. Alors, avons-nous un accord ?

Elle se tourna vers Alessio. Dans la semi-obscurité de la voiture, il lui fit penser à un grand prédateur qui évaluait sa proie, et elle ne put réprimer un frisson.

S'il refusait sa proposition et décidait de la livrer aux autorités, elle n'avait plus aucun recours. Son seul espoir était qu'il veuille récupérer son blason le plus vite possible, sans avoir à subir la lenteur d'une plainte officielle. En tant que fixeur, peut-être tiendrait-il aussi à régler lui-même cette situation...

Elle tenta d'échapper à son regard inquisiteur en se tournant vers la fenêtre.

— Auriez-vous des doutes, mademoiselle Parker ? demanda-t-il d'un ton doux qui fit naître des étincelles dans tout son corps.

Giada s'efforça de camoufler son trouble en relevant le menton d'un air de défi pour soutenir son regard.

— Absolument pas, répliqua-t-elle. Je me demandais seulement combien de temps vous comptiez me maintenir dans ce suspense insoutenable.

Une onde sembla traverser le visage d'Alessio mais, avant qu'il puisse répondre, une sonnerie de SMS retentit dans l'habitacle de la voiture.

Elle ferma les yeux, terrifiée à l'idée que cela puisse être un message de Gigi. Les deux sœurs avaient convenu d'un silence radio jusqu'à ce que Gigi remette la main sur le blason, afin de ne pas éveiller les soupçons d'Alessio. Mais Giada savait aussi que sa jumelle n'en faisait qu'à sa tête.

Elle soupira de soulagement en voyant Alessio sortir un portable de sa poche, mais la consternation qu'elle lut sur son visage lorsqu'il découvrit le message la fit frémir à nouveau. Il fit voleter ses doigts sur l'écran pour répondre, avant de repousser son téléphone et de la transpercer de ses yeux dorés.

— Nous avons un accord, mademoiselle Parker, déclara-t-il. Mais il se déroulera selon mes conditions.

Alessio tourna sa clé de voiture, et le moteur rugit comme un fauve.

— Que voulez-vous dire ? Quelles conditions ?

Sans piper mot, Alessio lança son bolide dans la circulation. Ce n'est que lorsqu'il marqua l'arrêt au premier feu rouge qu'il daigna répondre à Giada.

— J'ai perdu assez de temps à courir après vous. À partir de maintenant et jusqu'à ce que cette farce soit terminée, je dispose de votre temps. Et de vous, ajouta-t-il d'un ton satisfait. Mais attention. À la moindre manœuvre sournoise de votre part, vous le paierez très cher. *Capisci ?*

Giada avait obtenu ce qu'elle voulait : gagner du temps pour Gigi. Alors pourquoi une sirène d'alarme retentissait-elle dans son esprit ? Elle tenta de secouer la tête pour la faire taire. En vain.

— Est-ce bien clair ? insista Alessio d'un ton sans appel.

Giada comprit alors que les sirènes n'étaient pas seulement dans sa tête. Le feu était passé au vert, et les klaxons retentissaient derrière eux mais Alessio, ignorant les conducteurs furieux, la fixait en attendant qu'elle réponde.

— Oui, murmura-t-elle.

Il actionna aussitôt le levier de vitesse, et la voiture démarra en trombe.

Giada était partagée entre le soulagement d'avoir gagné du temps et l'inquiétude de ne pas savoir dans quoi elle mettait les pieds. Il lui fallut plusieurs minutes pour comprendre qu'Alessio se dirigeait vers l'hôtel bon marché qu'elle avait réservé. Il se gara devant l'entrée et lui adressa un regard plein de dédain.

— Vous avez dix minutes pour rassembler vos affaires, annonça-t-il en jetant un œil à l'entrée faiblement éclairée de l'établissement.

Le cœur de Giada fit un bond.

— Mes affaires ? Mais pourquoi ? Où allons-nous ?

Alessio fronça les sourcils.

— Vous me posez des questions ? Déjà ?

— Je ne vous suis pas aveuglément, nuance, rétorqua-t-elle tandis que le signal d'alarme s'amplifiait dans son esprit au point de devenir assourdissant.

Une lueur passa dans les yeux d'Alessio, mais elle fut si furtive que Giada n'eut pas le temps de l'analyser.

— Je retourne en Sicile demain matin. Ce soir, nous passons la nuit dans mon chalet de Gris-Montana. Votre entretien débutera lorsque nous y arriverons. Il vous reste sept minutes, mademoiselle Parker, acheva-t-il en jetant un œil à sa montre.

Giada soupira et se résolut à sortir de la voiture. Mais, contrairement aux abords des palaces de Gstaad, ceux de son hôtel deux-étoiles n'étaient pas régulièrement dégagés, si bien que dès qu'elle posa un talon à terre elle glissa sur une mince pellicule de neige et perdit l'équilibre.

Un cri de stupeur lui échappa et, alors qu'elle allait heurter le sol, le bras puissant d'Alessio la retint, et il la tira en arrière pour la plaquer contre lui. Comment avait-il fait pour aller aussi vite ? Peu importe, malgré les couches de vêtements qui les séparaient, Giada fut aussitôt enveloppée par sa chaleur et son parfum enivrant, et elle ne put retenir un gémissement. Soudain, elle se sentit faible, sa tête se mit à tourner, et elle ne sut combien de temps elle resta serrée contre son torse.

Elle entendit un moteur au loin, et une ampoule se mit à vaciller dans un réverbère au-dessus d'eux.

Giada secoua légèrement la tête. Elle devait absolument reprendre ses esprits.

— Je... Vous pouvez me laisser partir, maintenant. Merci, murmura-t-elle d'une voix rauque.

Alessio ne répondit pas et ne tint pas compte de sa demande. Les secondes s'écoulèrent, et Giada s'efforça de calmer sa respiration.

Sans la lâcher, Alessio s'avança lentement jusqu'au hall miteux de l'hôtel. Elle sentit son souffle tiède contre sa nuque et ferma les yeux, grisée, en comprenant qu'il se penchait vers elle.

— Cinq minutes, chuchota-t-il à son oreille.

À la seconde où il la libéra de son emprise, Giada s'enfuit, désireuse d'échapper à sa présence envoûtante. Car, durant cet instant suspendu, elle avait ressenti l'envie insensée de ne jamais quitter la chaleur cet homme.

Le cœur battant, elle s'engouffra dans l'escalier, jusqu'à sa chambre située au premier étage, et mit moins d'une minute à rassembler ses affaires.

Sur le point d'envoyer un SMS à Gigi pour lui faire savoir ce qui se passait, elle changea d'avis au dernier moment. C'était trop risqué.

Mais, alors qu'elle ressortait de sa chambre, sa valise à la main, elle se figea en découvrant Alessio. Adossé au mur du couloir, il la fixait, les mains dans les poches.

— Vous n'aviez pas besoin de me suivre ! lança-t-elle.

— Vraiment ? fit-il d'un ton railleur en levant un sourcil.

— Vous pensiez que j'allais m'enfuir alors que je viens d'obtenir ce que je voulais ?

Une lueur de colère illumina les yeux d'Alessio.

— Tant que vous êtes en possession de ce qui m'appartient, soyez assurée que je ne vous quitterai pas des yeux.

Ses paroles envoyèrent des étincelles grésiller à travers tout son corps, et elle manqua de sursauter quand il fit un pas en avant pour s'emparer de son bagage.

Il agissait par prudence, pas par galanterie, c'était évident. Cela se voyait à la tension qui émanait de sa personne tandis qu'il se dirigeait vers l'escalier.

— La note a été réglée, annonça-t-il à Giada quand elle s'approcha de la réception.

Alessio plaça sa valise dans le coffre de sa voiture avant d'ouvrir la portière côté passager pour l'inviter à s'y asseoir. Quand il démarra, elle prit une grande inspiration et fronça les sourcils.

— Vous n'aviez pas à payer ma chambre d'hôtel. Je pouvais parfaitement le faire moi-même.

Il esquissa un sourire cruel.

— Je ne l'ai pas fait pour vous, *Duci*. Je ne voulais tout simplement pas rester une minute de plus dans la puanteur de ce hall minable. Je comprends maintenant pourquoi vous avez à ce point besoin de cet emploi, acheva-t-il d'une voix pleine de dédain.

Comment lui dire qu'elle avait à peine jeté un œil en arrivant à l'établissement que lui avait indiqué sa sœur ? Elle se contenta donc de hausser les épaules et de se concentrer sur la route.

— Nous allons loin ?

Giada sentit son regard se poser sur elle.

— Vous avez hâte de revoir vos amis ? demanda-t-il d'un ton sévère.

— Pas du tout, je les retrouverai quand nous en aurons fini, vous et moi.

Soudain, l'atmosphère se fit lourde. Un peu perplexe, Giada jeta un coup d'œil discret à Alessio. Il gardait les yeux fixés sur la route mais, à sa façon d'agripper le volant, elle se rendit compte qu'il était tendu.

— Y compris le charmant Jean-Luc ? insista-t-il d'un ton glacial en se tournant vers elle, alors qu'il venait de s'arrêter à un feu rouge. Vous semblez être intime avec lui.

Elle haussa les sourcils, surprise.

— Jean-Luc ? répéta-t-elle en soutenant son regard inquisiteur. Absolument pas. Je ne le connais que depuis quelques jours.

Le regard intense d'Alessio resta fixé sur elle, et elle réprima l'envie de se tortiller.

— Je ne connais même pas son nom de famille. Or je considère que c'est le minimum à savoir quand on décide de coucher avec quelqu'un.

Mon Dieu, pourquoi ai-je dit cela ?

L'expression d'Alessio changea. Était-ce de la satisfaction qu'elle pouvait lire sur son visage ? Du triomphe ?

Pourtant, lorsque le feu passa au vert et qu'il reporta son attention sur la route, la tension entre eux demeura intacte.

— Nous avons deux heures de trajet, déclara-t-il finalement, ce qui mit un terme à leur conversation pour le reste du voyage.

Giada sentit son cœur s'emballer quand la Lamborghini s'engagea enfin dans une voie qui indiquait « Propriété privée ». Au cours des vingt dernières minutes, ils avaient gravi une route sinueuse le long de la montagne, et elle avait contemplé la cime des arbres recouverts de neige et le paysage d'une beauté à couper le souffle.

Quand elle vit apparaître le chalet, une nuée de papillons s'éleva dans son ventre, et elle ne put réprimer un soupir, captivée par la vision de ce bâtiment immense et chaleureusement éclairé. Fabriqué en rondins de cèdre, il s'élevait sur le flanc de la montagne et donnait l'impression d'être un phare dans le paysage glacé. Le chalet était doté de grandes fenêtres, et sur le toit en pente enneigé elle aperçut un conduit de cheminée par lequel des volutes de fumée s'élevaient vers le ciel.

Alessio sortit de la voiture et la contourna pour venir lui ouvrir la portière. Une fois de plus, Giada fut surprise par sa galanterie, mais elle se rappela à nouveau que cela ne signifiait rien. Car, au fond, tout ce qu'elle avait appris jusqu'à présent sur Alessio Montaldi indiquait qu'il était le genre d'hommes à sourire et vous offrir vos rêves sur un plateau d'argent… pour mieux vous détruire dans un second temps.

Elle sortit à son tour et resserra les pans de son manteau sous le vent glacial qui la faisait frissonner. Alessio s'engagea devant elle sur le chemin qui menait au chalet, sa valise dans une main. Elle le suivit avec précaution en se maudissant de ne pas avoir enfilé ses bottes fourrées. Puis elle se rappela qu'elle était censée jouer un rôle.

Alessio l'invita d'un geste à entrer dans une vaste pièce au plancher ciré recouvert de tapis moelleux et meublée d'un somptueux canapé en velours. Giada se dirigea vers la baie vitrée et, en voyant la splendeur des grands pins enneigés qui s'élevaient comme des aiguilles blanches dans le ciel derrière le chalet, elle s'immobilisa.

— Mon Dieu, que c'est beau ! lança-t-elle. Vous devez adorer vous réveiller avec cette vue tous les matins.

Alessio eut un haussement d'épaules désenchanté.

— C'est un bon investissement et l'endroit est agréable, mais je n'y viens que rarement.

Il s'interrompit et se dirigea vers un couloir qui s'ouvrait sur un petit hall, avant de s'arrêter au bas d'un escalier qui menait au premier étage.

— Les bavardages ne sont pas nécessaires, Gigi. Flatter mon ego ne vous aidera en rien.

Elle serra les dents.

— Je vois bien que vous êtes fâché contre moi et je le comprends. Mais ne pensez-vous pas qu'il serait plus agréable que nous fassions un effort pour mieux nous entendre ?

L'espace d'un instant, Alessio sembla abasourdi.

Puis son visage s'assombrit, et il afficha à nouveau son sourire cynique en croisant les bras sur sa poitrine.

— Vous pensez avoir les cartes en main, mais comprenez bien ceci : les choses finiront par se passer comme je le souhaite. À vous de voir combien de temps vous êtes prête à poursuivre ce petit jeu.

Alessio regarda au-dessus d'elle et inclina la tête. C'est à ce moment seulement que Giada s'aperçut qu'un majordome se tenait à quelques mètres derrière elle.

— Johan va vous accompagner jusqu'à votre chambre. Venez me retrouver dans le bureau d'ici quinze minutes. Nous commencerons par votre première tâche.

Alessio se tenait devant la grande fenêtre de son bureau dans un état d'énervement qui déteignait largement sur son humeur. Car c'était de l'énervement, bien entendu. Quoi d'autre ?

Toute autre émotion serait inacceptable, car elle signifierait qu'il était troublé par cette femme. Ce qui était absolument hors de question.

La présence de Gigi Parker était une nuisance dont il se ferait un plaisir de se débarrasser le plus vite possible. Alors pourquoi avait-il besoin de se le rappeler constamment ? Était-ce parce qu'il n'arrivait pas à oublier la douceur de son corps quand il l'avait empêchée de tomber un peu plus tôt ? Après l'avoir rattrapée, il n'était pas parvenu à la lâcher. S'il l'avait pu, il l'aurait gardée indéfiniment plaquée contre lui pour se délecter de son parfum enivrant.

Que lui arrivait-il ? C'est cette neige qui lui givrait le cerveau. C'était la seule explication possible.

Alessio grogna en entendant son téléphone vibrer. Même s'il pouvait opérer de partout dans le monde, c'est à Palerme qu'il était le plus efficace. C'est aussi là-bas que se trouvaient ses ennemis, et il se délectait à l'idée de les voir se recroqueviller dans l'attente du couperet de ses représailles.

J'aurais dû me montrer plus ferme avec Massimo et être en Sicile depuis trois jours, songea-t-il avec irritation en sortant son portable de sa poche.

Quand on parle du loup...

Il lut et relut le texto de son frère avec une incrédulité et une frustration croissantes.

— *Figghiu ri...*

— Le moment est mal choisi ? demanda une voix rauque dans son dos.

Alessio ravala son juron et se retourna.

Penchée dans l'encadrement de la porte, ses bras minces croisés sous la poitrine, Gigi lui lançait un regard taquin. Elle avait troqué sa robe de cocktail pour une tenue tout aussi scandaleuse. Un short en jean qui lui arrivait en haut des cuisses et un pull qui dénudait à moitié ses épaules et comportait suffisamment de trous pour qu'il soit parfaitement inutile. Et... *Diu*... Était-ce bien un boa en plumes rose fluo qu'elle avait passé autour de son cou ?

— Je peux revenir plus tard, si vous préférez, ajouta-t-elle tandis qu'un sourire amusé courbait ses lèvres pulpeuses.

Avant qu'il puisse répondre, Johan apparut et s'immobilisa à quelques mètres de Gigi, ce qui eut le don d'agacer Alessio sans qu'il comprenne pourquoi. La jeune femme adressa un sourire lumineux à l'homme plus âgé dont le bout des oreilles rougit aussitôt. Alessio serra les dents et leva un sourcil interrogateur en direction de son domestique.

— *Se ?*

Le majordome sursauta avant d'incliner la tête vers lui.

— Monsieur veut-il que je serve le dîner ? Je ne savais pas à quelle heure vous reviendriez, alors j'ai préparé plusieurs plats chauds et froids.

— Ce ne sera pas nécessaire, Johan. Nous nous servirons

nous-mêmes quand nous aurons terminé. Vous pouvez disposer du reste de votre soirée, je vous remercie.

Si le majordome fut surpris de sa réponse, il ne le montra pas et s'inclina poliment avant de prendre congé. Johan avait été embauché pour sa capacité à faire preuve de la plus grande discrétion. Un trait de caractère qu'Alessio exigeait chez tous ceux qui travaillaient pour lui.

Il expira lentement, mais son souffle fut à nouveau coupé lorsque Gigi entra dans la pièce en roulant des hanches.

— En plus de travailler pour vous, je dois gagner le droit d'avoir un repas ? murmura-t-elle d'un ton taquin avant de s'arrêter près du bureau et de faire glisser ses doigts le long de la surface polie. Dans ce cas, je suppose que nous devrions nous y mettre sans tarder, vous ne croyez pas ?

4

Giada savait qu'elle jouait avec le feu en provoquant Alessio de cette façon. Mais la meilleure manière d'avancer n'était-elle pas de le déstabiliser ?

Il avait accepté ses demandes alors qu'il était frustré. Il avait eu l'air surpris lorsqu'elle avait été enthousiasmée par la vue du chalet. Et il avait affiché un air perplexe quand elle avait monté l'escalier en suivant le majordome jusqu'à la chambre d'amis. Pour le meilleur ou pour le pire, elle réagissait d'une manière à laquelle Alessio ne s'attendait pas. Combien de temps cela durerait-il ? Mystère. Mais, tant qu'il était déstabilisé, elle gagnait du temps pour apprendre à savoir comment se comporter avec lui.

Voilà pourquoi elle avait opté pour ce short ridiculement étriqué. Son pull ne valait pas mieux, avec tous ces trous qui exposaient une grande partie de son buste, y compris son soutien-gorge couleur chair. En l'absence de gilet ou d'écharpe dans sa valise, elle s'était rabattue sur ce boa en plumes en espérant qu'il parviendrait à la cacher *un peu* plus.

En vérité, elle se sentait ridicule. Gigi ne perdait rien pour attendre. Mais, pour l'instant, elle était là…

— Qu'est-ce que c'est que cette tenue ?

La question brusque d'Alessio ne fit qu'accroître son malaise, et elle réprima un léger tremblement qu'elle dissimula en posant une hanche sur le bureau avant de hausser les sourcils dans sa direction.

— Ce sont des *vêtements*, Alessio, répondit-elle en feignant un léger agacement.

Il serra les mâchoires.

— Il fait moins sept degrés, dehors.

— Dans ce cas, je suis ravie que vous ne lésiniez pas sur le chauffage, répliqua-t-elle en balayant du regard la vaste pièce ornée d'étagères remplies d'ouvrages anciens.

Après plusieurs secondes de silence, Giada s'arracha à la contemplation de la bibliothèque pour se tourner vers lui et constata qu'il la fixait d'un air suspicieux. Son amour de la littérature l'avait-il trahie ? Le cœur battant, elle se redressa.

— Et si nous commencions ? proposa-t-elle.

Sans la quitter des yeux, Alessio lui fit signe de se diriger vers des canapés rassemblés autour d'une vaste cheminée au sein de laquelle un feu crépitait.

Giada s'installa dans un grand fauteuil et arrangea comme elle le put le boa, afin qu'il recouvre le plus possible ses jambes nues.

Soudain, la voix basse et profonde d'Alessio troua le silence. Elle leva les yeux et leurs regards se croisèrent, mais alors elle comprit qu'il ne s'adressait pas à elle. Il parlait rapidement au téléphone, manifestement à un Sicilien.

Étant à moitié italienne, Giada comprenait suffisamment ce dialecte pour savoir qu'Alessio était mécontent de l'absence de son interlocuteur. En dépit de son insistance furieuse pour que Massimo – apparemment son frère – revienne immédiatement, celui-ci n'en faisait qu'à sa tête.

Ses joues la brûlèrent quand Alessio prononça un juron suivi de menaces terribles. Qui n'eurent pas plus d'effet, à en croire la façon dont il se passa brusquement la main dans les cheveux. Fascinée, Giada regarda ses mèches brunes retomber sur son front dans un désordre sexy tandis qu'il se retournait pour faire face à la fenêtre.

— Ce n'est pas ce que nous avions convenu, Massimo, s'emporta-t-il d'une voix sombre.

Giada était incapable de détacher les yeux de sa silhouette puissante. Mon Dieu, il était tellement beau ! Qu'il soit froid et glacial ou bien fougueux et énervé, Alessio Montaldi était tout simplement captivant. Bien trop captivant.

Elle devait absolument se reprendre, sinon elle risquait de tout gâcher pour sa sœur. Pourtant, elle ne parvenait pas à se détourner. Elle le regarda faire les cent pas dans la pièce, devinant que sa patience s'effritait à chaque seconde qui passait jusqu'à ce qu'il finisse par exploser en donnant à Massimo un ultimatum avant de raccrocher : qu'il soit présent sans faute au chalet le lendemain matin.

Alessio posa son téléphone sur le bureau, puis il enleva sa veste et la jeta par-dessus la chaise.

Il posa ensuite ses yeux dorés sur Giada.

Tout en la fixant, il s'approcha lentement d'elle.

Elle remercia le ciel d'avoir choisi ce fauteuil. Ainsi, il ne risquait pas de s'asseoir à côté d'elle et de l'envelopper de son parfum hypnotisant.

Debout face au grand canapé il prit son temps pour ôter ses boutons de manchette en diamant, qu'il glissa dans sa poche, avant de retrousser les manches de sa chemise, dévoilant des avant-bras musclés. Une vague de chaleur naquit entre les cuisses de Giada et diffusa à travers tout son corps, si bien qu'elle resserra les jambes dans un geste réflexe.

Mon Dieu, qu'est-ce qui ne tourne pas rond chez moi ?

Dieu merci, elle n'eut pas à s'attarder sur cette question, car Alessio finit par s'asseoir. Il contempla le feu en silence quelques instants.

— Mon client est à la tête d'un conglomérat international, déclara-t-il enfin.

Quand il précisa le nom du groupe, Giada écarquilla les yeux, ce qui le fit sourire.

— Je vois donc que vous en avez entendu parler.

Elle avait beau passer le plus clair de son temps dans le laboratoire d'un navire de recherche ou dans des zones arides dénuées d'êtres humains, elle connaissait tout de même l'existence de ce géant du divertissement.

— Comme toute personne dotée d'une connexion Internet, je suppose, répliqua-t-elle.

Il acquiesça.

— Il y a trois semaines, mon client a découvert que son jeune frère avait misé près de quarante pour cent de la filiale dont il est responsable et alloué quinze pour cent supplémentaires au profit de plusieurs individus... peu recommandables.

Alessio nomma la filiale en question, qui diffusait de la musique et des vidéos via une application que Giada avait installée sur son téléphone. Elle le regarda, stupéfaite.

— Vous plaisantez ?

— Je plaisante rarement quand il s'agit d'affaires, mademoiselle Parker.

Elle expira lentement pour tenter de garder son calme.

— Mais cela représente...

— Des centaines de millions et ça continue, coupa Alessio. Avec son frère qui est maintenant en cure de désintoxication pour son addiction au jeu, mon client s'expose à de sérieux ennuis et au risque de faire l'objet d'une enquête des autorités financières si le scandale venait à être découvert. En termes simples, conclut-il, si l'histoire est révélée, cela aboutira à la fin du groupe.

Giada secoua la tête, incrédule face à l'énormité de ce qu'il lui annonçait.

— Comment se fait-il que personne n'ait remarqué ce qui se passait ?

Une lueur dangereuse brilla dans les yeux d'Alessio.

— Vous seriez surprise de savoir à quel point, dans une famille, il est facile de fermer les yeux sur les défauts des autres. Et jusqu'à quel point ces derniers sont prêts à aller pour abuser de votre confiance parce qu'ils savent que vous tenez à eux, ajouta-t-il avec une inflexion grinçante qui mit ses sens en alerte.

Giada cessa de respirer. Il ne parlait tout de même pas… d'elle ? Savait-il qu'elle avait une sœur jumelle ? Elle baissa les yeux vers le boa en plumes et le tritura pour tenter de calmer son esprit en ébullition. Puis elle porta le regard sur le smartphone posé sur la table, et les bribes de la conversation téléphonique qu'il venait d'avoir lui revinrent en mémoire.

— Vous parlez de votre frère ?

Alessio décroisa les jambes et, se tournant vers elle, il se pencha en avant en posant les coudes sur ses genoux. Comme au bar quelques heures plus tôt, Giada fut happée par sa présence magnétique.

— Il ne s'agit pas de moi, mademoiselle Parker.

En êtes-vous sûr ?

Les mots flottèrent sur ses lèvres, et elle fut heureuse de ne pas les avoir prononcées. Cet homme était passé maître dans l'art du contrôle de soi, mais elle ne doutait pas que sous la surface il cachait un tempérament de feu.

L'espace d'une seconde, Giada se demanda à quoi ressembleraient ces émotions *libérées*. Sans doute que la terre elle-même se mettrait à trembler si Alessio Montaldi laissait sa passion se déchaîner.

Dieu merci, je ne le saurai jamais !

Elle refoula le vide qu'elle sentit naître dans son ventre à cette pensée.

— Ma vie personnelle n'est pas sujette à la discussion. *Capisci ?*

La voix grave d'Alessio était comme une lame qui mettait chacune de ses terminaisons nerveuses à vif. Elle dut faire appel à tout son sang-froid pour se rappeler qu'elle était censée être Gigi. Et donc se montrer imperturbable face à lui.

— Bien sûr, fit-elle d'un ton léger. Je voulais juste en savoir plus sur l'homme pour qui j'espère travailler un jour.

Il lui lança un regard empreint de dérision.

— Ne vendez pas la peau de l'ours avant de l'avoir tué.

Giada leva les yeux au ciel.

— Le pessimisme ne sert qu'à gâcher son énergie.

— Tout comme l'excès de confiance.

— En effet. C'est pourquoi je préfère m'en tenir à un juste milieu. Vous disiez ?

Un autre éclair de perplexité traversa le visage d'Alessio. Elle continuait à le déstabiliser. *Tant mieux*.

Il se tourna face à la cheminée.

— Mon client souhaite que ses problèmes soient réglés avant son conseil d'administration, qui doit avoir lieu dans trois semaines, reprit-il. C'est à cette date que son père fêtera ses quatre-vingt-dix ans. C'est aussi à ce moment-là qu'il compte annoncer une fusion avec un autre groupe de son envergure.

L'ampleur de la tâche qui se présentait à elle la laissait sans voix. C'était à la fois excitant, terrifiant et étrangement... personnel. Car, malgré ses milliards, une famille était sur le point d'être anéantie de manière irréparable en raison des actions d'un de ses membres.

Elle se souvint que Gigi avait évoqué le fait qu'Alessio avait orchestré l'éviction du président corrompu de Cardosia en faveur de son neveu.

S'était-il spécialisé dans la gestion des problèmes *personnels*, quels qu'ils soient ?

— Dites-moi comment vous procéderiez pour régler cette situation, demanda-t-il.

Giada se mordilla la lèvre, le cœur battant.

— Eh bien, pour commencer, je tenterais de gagner du temps. Trois semaines, c'est un délai bien trop court.

Les yeux d'Alessio s'étrécirent.

— Ce n'est pas une option, répliqua-t-il.

— Dans ce cas, c'est impossible.

— Vous jetez déjà l'éponge ? fit-il d'un ton moqueur. J'ai l'impression que cet entretien sera encore plus court que le premier, ajouta-t-il en commençant à se lever.

Un vent de panique déferla en elle.

— Non, attendez.

Il se rassit et patienta en fronçant les sourcils.

— Je… J'ai besoin de temps pour réfléchir à la manière dont je vais m'y prendre. Et aussi, je dois avoir davantage d'informations au sujet de cette famille.

Elle s'interrompit et jeta un regard vers son bureau.

— Vous avez sûrement un dossier quelque part ?

— J'en ai un. Mais vous donner les grandes lignes de l'histoire est une chose. Vous en dévoiler les détails en est une autre. Si vous racontez un mot de tout cela à n'importe qui, je vous poursuis en justice et m'assure que vous ne trouviez plus jamais d'emploi dans ce secteur pour le reste de votre vie.

Giada haussa les épaules comme si ses paroles ne l'atteignaient pas.

— Je ne le ferai pas. Mais, si cela vous rassure, je peux vous signer une clause de confidentialité, ajouta-t-elle en espérant qu'il refuserait.

S'il fut surpris par sa proposition, Alessio ne le montra pas.

— De tels contrats n'ont aucune valeur si l'une des parties n'a rien à perdre, fit-il d'un ton désinvolte. Dites-moi, mademoiselle Parker, qu'avez-vous à perdre ? acheva-t-il d'une voix aussi douce que dangereuse.

— Bien plus que ce que vous pensez, lâcha-t-elle sans réfléchir.

Trop tard, elle avait attiré son attention, et les yeux d'Alessio transpercèrent les siens.

— Je vous en prie, éclairez-moi à ce sujet.

— Cela risquerait de nous faire entrer dans le registre personnel que vous tenez à éviter, répliqua-t-elle d'un ton poli.

Comment lui avouer que son poste de scientifique senior attaché à l'un des principaux laboratoires de recherche publics mondiaux serait sérieusement compromis si ses activités présentes étaient révélées ?

Dieu merci, Alessio n'insista pas, mais il ne la quitta pas des yeux pour autant. Il finit par se lever et contempler à travers la fenêtre les derniers rayons du soleil, qui baignaient la neige d'un manteau rose scintillant. Puis il se dirigea d'un pas rapide vers son bureau pour se saisir de son portable. Il composa rageusement un SMS auquel on lui répondit aussitôt. Il le lut avant de jeter son téléphone sur la table, plein d'une fureur contenue. Puis il fit quelques pas vers la porte avant de se retourner vers Giada.

— Venez, ordonna-t-il d'un ton sec. Allons dîner. Peut-être serez-vous plus efficace une fois que vous aurez mangé quelque chose.

Il s'immobilisa, une main sur la poignée de la porte.

— À moins que vous ne suiviez l'un de ces régimes à la mode qui consistent à ne consommer que de l'alcool ?

Le visage brûlant, Giada hésita à décliner son offre. Mais elle mourait de faim après son petit déjeuner frugal ce matin à l'hôtel. Même si Alessio avait raison au sujet de Gigi qui semblait se contenter pour toute alimentation d'air et d'alcool, Giada avait besoin de se nourrir pour réfléchir normalement.

Surtout maintenant.

Elle repensa avec amertume aux moqueries fréquentes de sa mère à l'égard de son appétit.

Tu me coûtes une fortune à chaque fois que tu viens... Pourquoi ne ressembles-tu pas davantage à ta sœur ?

— Vous venez ? reprit Alessio d'un ton impatient.

Giada se leva, encore plus honteuse lorsque le boa en plumes glissa au sol, exposant une grande partie de son corps.

Elle suivit Alessio jusqu'à une somptueuse salle à manger, qu'ils traversèrent pour déboucher dans une cuisine immense et luxueusement aménagée. Comme Johan l'avait précisé, une série de plats chauds recouverts d'un dôme d'argent étaient posés sur le vaste îlot central, ainsi qu'un assortiment de plats froids. Chacun des mets exhalait une odeur alléchante.

— Il y a de quoi dîner pour un régiment ! lança-t-elle. Vous attendiez du monde ?

Pourquoi l'idée qu'il ait pu inviter des *femmes* ici lui déplaisait tant soudain ?

Alessio se dirigea vers un plateau de jambons crus, de fromages, d'olives et de tartes dorées à l'aspect délicieux. Il attrapa une tartelette dans laquelle il croqua avant de se tourner vers Giada.

— Cela vous aurait empêchée de conclure un accord avec moi ?

— Bien sûr que non. Mais je ne me souviens pas de vous avoir entendu annuler un rendez-vous...

Elle s'interrompit, les joues rouges. Pourquoi cette question lui semblait si importante, tout à coup ?

— Mon frère est installé ici depuis une semaine. Ses invités entrent et sortent à leur guise. Je n'avais pas prévu de rester aussi longtemps en arrivant vendredi. Je pensais repartir tout de suite en Sicile avec lui.

Il plissa les yeux d'un air méfiant.

— Mais vous savez déjà tout cela, n'est-ce pas ? ajouta-t-il d'un ton glacial.

— Je vous assure que non, répliqua-t-elle en toute sincérité.

Alessio lui lança un regard incrédule avant d'attraper une assiette et de se tourner vers le buffet. Giada souleva le premier dôme et découvrit une bisque de homard appétissante accompagnée de petits pains chauds et dorés. Elle s'en servit un bol fumant ainsi qu'une assiette de salade et rejoignit Alessio dans la partie de l'îlot où une table avait été dressée pour deux. Voyant qu'il ne semblait pas d'humeur à poursuivre leur conversation, elle déroula sa serviette et se servit un verre d'eau.

Sans pouvoir résister davantage elle prit une première cuillerée de bisque et, quand les saveurs parfumées explosèrent dans sa bouche et sur sa langue, elle ne put réprimer un petit gémissement de plaisir.

Alessio resserra les doigts autour de sa fourchette puis, sans un mot, quitta brusquement la table.

Giada le regarda partir, des picotements sur la peau. Elle prit une deuxième cuillerée de bisque en se demandant ce qui s'était passé lorsqu'il revint, une bouteille de vin rouge à la main. Sans être une connaisseuse, elle devina en lisant l'étiquette qu'il s'agissait d'un millésime très prestigieux.

— Cela vous convient ? fit-il en débouchant la bouteille. Malheureusement, je n'ai pas de champagne bon marché, ici...

Elle expira lentement.

— Cela me va parfaitement. Écoutez, je vois bien que vous êtes de mauvaise humeur, mais je soupçonne que cela n'est pas entièrement ma faute. Alors si vous arrêtiez un peu de me malmener ?

Il fronça les sourcils.

— Vous... malmener ? répéta-t-il d'un air perplexe.

Soudain, incapable de maîtriser l'étincelle de joie qui jaillit au plus profond d'elle, Giada éclata de rire. Alessio écarquilla les yeux avant que son regard s'assombrisse à nouveau et se fixe sur sa bouche.

— Je veux dire...

— J'ai une idée précise de ce que cela signifie, mademoiselle Parker, coupa-t-il d'une voix rauque. Vous avez raison, reprit-il. Il est rare que je laisse quiconque s'immiscer dans ma vie comme vous le faites.

Cet aveu provoqua en elle une onde de choc.

Sans avoir passé beaucoup de temps à ses côtés, elle savait qu'Alessio Montaldi n'était pas le genre d'hommes à divulguer ce type d'information. Et, à l'expression mécontente qui s'afficha sur son visage, Giada comprit qu'il regrettait de le lui avoir révélé.

Alessio secoua brusquement la tête et leva la bouteille de vin.

— Je vous sers un verre ?

Elle hésita. Elle buvait très rarement et devait à tout prix garder l'esprit clair. Seulement, étant donné le comportement de Gigi vis-à-vis de l'alcool, elle éveillerait aussitôt les soupçons d'Alessio si elle refusait.

— Je vous préviens, si vous comptez me soûler pour obtenir des informations au sujet de votre blason, ça ne marchera pas, déclara-t-elle d'un ton taquin.

Alessio recula brusquement la tête d'un air si furieux qu'elle faillit s'excuser sur-le-champ, mais elle se retint au dernier moment. Elle le déstabilisait. C'était le plan.

— Je récupérerai mon bien plus vite que vous ne le croyez. Et, contrairement à vous, je n'aurai pas besoin de faire appel à des tactiques sournoises.

Giada sentit ses joues la brûler. Elle sut en croisant son regard qu'il avait perçu l'effet que sa remarque avait eu sur elle. Avec un sourire victorieux et légèrement moqueur, il lui servit un verre de vin sans attendre sa réponse.

N'ayant plus le choix, Giada en but une gorgée, espérant que cela la calmerait. Quelques minutes plus tard, ses sens étaient toujours en alerte et, même si elle savait que c'était en grande partie dû à la présence magnétique d'Alessio, le vin y était aussi pour quelque chose.

Voir sa mère et sa sœur se donner en spectacle à cause de l'alcool l'avait dissuadée d'en consommer, ce qui lui avait valu de nombreuses moqueries de leur part.

Et maintenant, Giada risquait de se trahir

Elle regarda son verre, songeuse.

Cela paraîtrait-il suspect si elle évoquait la fatigue et le besoin d'aller se coucher juste après le repas ? Elle hésita, mourant d'envie de goûter à un autre de ces plats appétissants. Pourquoi pas, après tout ? Bon sang, si le pire arrivait et qu'il la jetait dehors, elle aurait au moins le ventre plein.

Elle se servit donc une portion de lasagne à laquelle elle ajouta un gros carré de focaccia ainsi que de la salade. Mais, alors qu'elle était sur le point d'y goûter, elle surprit le regard étonné d'Alessio.

— Vous avez meilleur appétit que dans mes souvenirs, dit-il.

Elle crut déceler une certaine approbation dans sa voix et détourna le regard pour dissimuler son trouble.

— Je ne pensais pas que vous vous soucieriez de cela, murmura-t-elle en rougissant.

— Pas particulièrement. Mais je me souviens que la dernière fois vous avez à peine touché votre repas. Vous étiez beaucoup plus intéressée par les cocktails.

Pour ne pas se trahir, Giada but une autre gorgée de vin.

— Mon appétit va et vient, fit-elle d'une voix légère. Et puis comment résister à une cuisine aussi délicieuse ?

Le regard d'Alessio glissa jusqu'à sa bouche avant de descendre sur son cou.

— Intéressant, dit-il lentement.

Mon Dieu !

La croyait-il ? Elle prit une grande inspiration.

— Quels sont vos projets pour les jours à venir ? demanda-t-elle pour changer de sujet.

Avant qu'elle puisse protester, Alessio lui versa un deuxième verre de vin. Puis il alla se servir une assiette de boulettes de viande nappées de sauce tomate et accompagnées de *garganelli*.

— Mon frère m'a promis qu'il serait là demain, afin que nous puissions retourner ensemble à Palerme passer les fêtes de Noël selon la tradition familiale.

Le ventre de Giada se noua. Elle s'était longtemps demandé à quoi ressemblaient ces moments chaleureux et conviviaux chez les autres. Si éloignés de l'atmosphère instable et malsaine qui régissait chacun de ses séjours auprès de Renata.

— Vous passez les fêtes en famille ?

— *Se*, répondit-il d'un ton solennel. Laissez-moi deviner, vous aimez mieux la compagnie d'une foule bruyante de gens que vous connaissez à peine, c'est cela ?

Giada resta songeuse quelques instants.

Il n'avait pas entièrement tort. Elle aurait préféré de loin passer ses vacances à bord d'un navire de recherche en pleine mer plutôt que de subir les colères et quolibets de sa mère, qui ne faisaient qu'empirer avec le temps.

— Vous me connaissez bien, lança-t-elle sur le ton de la plaisanterie.

Mieux valait confirmer les hypothèses stéréotypées d'Alessio Montaldi et ne pas lui révéler les secrets de sa famille dysfonctionnelle.

— Pourtant, vous sembliez vous disputer avec votre frère au téléphone, reprit-elle. Quel est le problème ?

— Le problème, c'est que Massimo a pris mon hélicoptère avant de m'informer par SMS il y a une demi-heure que je ne devais pas l'attendre avant demain après-midi, car il prévoit de passer la journée chez des amis à Verbier. Je ne pourrai donc pas quitter cet endroit avant demain soir.

— Et, pour un homme tel que vous, passer quelques heures de plus dans ce sublime chalet est un sort pire que la mort, c'est cela ? fit-elle d'un ton taquin.

Il plissa les yeux, ne goûtant manifestement pas sa plaisanterie.

— Quand je ne suis pas où je veux, ni avec la compagnie que je désire, absolument, répliqua-t-il froidement.

Elle aurait dû s'en moquer, mais elle ne put réprimer un pincement douloureux en entendant sa remarque acerbe. Car celle-ci résonnait cruellement avec la souffrance qu'elle ressentait lorsqu'elle était avec sa mère et sa sœur. Et la tristesse de ne jamais parvenir à établir un lien plus profond et chaleureux avec la seule famille qu'elle avait.

Surtout durant la période des fêtes.

— Vous trouvez que je suis dur ?

Giada sursauta en revenant à la réalité et vit qu'Alessio fixait sa main, qu'elle serrait de toutes ses forces autour de sa fourchette. Elle détendit ses doigts et posa le couvert.

— Cela vous importe-t-il ? répliqua-t-elle en relevant le menton d'un air de défi. Nous nous utilisons l'un l'autre pour arriver à nos fins et, comme vous l'avez dit, nos vies personnelles ne font pas partie du marché. Ce que je pense n'a aucune importance. Et le fait que vous puissiez devenir mon employeur ne doit rien y changer. Je ferai mon travail, et nous n'aurons plus besoin de nous croiser après ce soir.

Pour une raison qui lui échappa, Alessio sembla encore plus mécontent. Il posa ses propres couverts et saisit son verre de vin.

Giada ne put s'empêcher de contempler ses doigts enroulés autour du cristal fin. Elle se souvint à quel point elle avait été marquée lorsqu'il les avait posés sur elle en la jetant par-dessus son épaule dans le bar de Gstaad.

À cette pensée, elle sentit une vague de chaleur la gagner, s'ajoutant aux autres sensations qui tourbillonnaient déjà en elle. Elle bougea légèrement sur son siège.

— Je reste en contact permanent avec mes équipes, déclara Alessio sans la quitter des yeux. Je préfère les interactions en face-à-face. Pour moi, la distance est propice aux trahisons. C'est pourquoi, sachez que, dans le cas improbable où vous deviendriez mon employée, vous n'auriez guère la liberté de courir où vous le souhaiteriez et d'agir à votre guise.

Il s'interrompit quelques secondes et lui lança un regard qu'elle ne put déchiffrer.

— Peut-être devriez-vous y songer avant que nous allions... plus loin ?

Giada perçut dans sa voix une note de suffisance mais aussi... *d'anticipation.*

Soudain, Alessio la fit penser à un prédateur savourant le plaisir de jouer avec sa proie, et elle ne put réprimer un frisson.

Car l'idée d'être à la merci de cet homme *l'excitait.*

Enfin, pas *elle.* Gigi.

Alors pourquoi ce pincement au creux du ventre ne la laissait-il pas en paix ? Qu'est-ce qui ne tournait pas rond chez elle ? Elle inspira lentement et saisit son verre d'eau pour en boire plusieurs gorgées. Cela lui réussirait mieux que le vin.

— C'est bon à savoir, déclara-t-elle. Et non, cela ne me fera pas changer d'avis. Je tiens vraiment à ce job.

Dans le regard intense d'Alessio, Giada perçut de la moquerie mais aussi un certain... respect ?

Elle se trompait, forcément. Son esprit échaudé lui jouait des tours. Elle se leva brusquement et se dirigea, son assiette à la main, jusqu'à l'évier.

— Que faites-vous ? grogna Alessio dans son dos.

— J'ai fini de dîner, répondit-elle sans se retourner, de peur qu'il ne repère son trouble. Et puisque vous avez congédié votre majordome pour la soirée, eh bien, je débarrasse.

Durant quelques secondes, un silence épais régna dans la cuisine. Puis Giada entendit le raclement d'un tabouret et comprit qu'Alessio s'était levé à son tour. Elle frémit en devinant qu'il s'approchait d'elle et, bientôt, elle fut enveloppée par les effluves de son parfum enivrant. Il vint se placer à côté d'elle face à l'évier, son assiette à la main, et posa sur elle un regard brûlant.

— Je dois admettre malgré moi que vous avez accompli l'impossible, Gigi, dit-il lentement. Vous m'avez surpris. Je n'ai pas encore décidé si c'était une bonne ou une mauvaise nouvelle. Mais l'idée d'être bloqué un jour de plus ici avec vous m'est moins désagréable que prévu.

5

Alessio devinait que ses paroles la rendaient nerveuse.

Et, pour une raison mystérieuse, cela lui convenait. Sans doute parce que, ainsi, il gérait mieux les émotions troubles qui s'étaient emparées de lui. Ces dernières étaient dues au comportement exaspérant de son frère, bien sûr, mais aussi et surtout à la présence de cette femme.

Diu, son aveu résonnait encore dans son esprit, et il refusait de croire qu'il avait offert à cette adversaire potentielle un aperçu de ses pensées.

Car Gigi Parker était une adversaire. Et ce n'est pas parce qu'elle ne ressemblait guère à la princesse écervelée dont il se souvenait qu'il devait baisser sa garde.

Après tout, elle était toujours en possession de l'objet qu'elle lui avait dérobé.

Pourtant, la nervosité de la jeune femme était une surprise.

La Gigi qu'il avait connue n'avait pas une once de stress en elle. C'était une mondaine qui ne pensait qu'à faire la fête et à séduire les hommes qui passaient. Rien à voir avec cette personne consciencieuse qui touchait à peine son verre de vin et qui débarrassait après le dîner, sans se plaindre qu'il n'y ait pas de domestiques pour s'en charger à sa place…

Elle joue un rôle…

Cette pensée fit naître en lui une bouffée de colère mêlée à un sentiment qui ressemblait à de la déception.

Que lui arrivait-il ?

Il l'observa, perplexe, tandis qu'elle évitait son regard en ouvrant les armoires et fouillant la cuisine jusqu'à ce qu'elle trouve enfin ce qu'elle cherchait : le lave-vaisselle. Elle plaça son assiette et ses couverts dans la machine avant de se relever et de contempler fixement ceux d'Alessio. Comme il ne bougeait pas, elle leva la tête et plongea les yeux dans les siens.

Sans parvenir à se rappeler la dernière fois où il avait fait cela, il se dirigea vers le lave-vaisselle pour y ranger à son tour ses couverts et son assiette. Puis il se redressa et dévisagea la jeune femme sans un mot.

Gigi se mordilla la lèvre inférieure en évitant son regard avant d'aller rejoindre son tabouret. Il la suivit des yeux sans pouvoir réprimer une montée de désir brutal.

— J'ai une idée au sujet de votre problème, annonça-t-elle en s'asseyant.

— Vous parlez sans doute de *votre* problème, n'est-ce pas ? répliqua-t-il en s'approchant d'elle comme s'il ne pouvait s'en empêcher.

Elle haussa les épaules et attrapa son verre de vin. Mais elle n'en but pas et se contenta de faire glisser son doigt fin le long du bord en cristal.

— Si vous voulez... Quoi qu'il en soit, voici mon idée : puisqu'il s'agit d'une filiale, votre client serait-il prêt à la céder rapidement, afin qu'elle ne fasse plus partie du groupe ? Les acheteurs accepteraient sûrement d'acquérir les autres entreprises florissantes dans le cadre d'un accord renégocié plutôt que de s'encombrer d'une filiale problématique.

— Ils le feraient sans doute si ce problème n'était pas strictement confidentiel. Cette filiale fait partie intégrante du deal. Que mon client s'en sépare maintenant susciterait des interrogations qui aboutiraient à une enquête plus minutieuse de leur part. Vous oubliez également la question des quinze pour cent sous le contrôle d'autrui. Ce n'est pas un problème qui peut être résolu aussi facilement qu'on le souhaiterait.

— Pourquoi pas ? Et d'ailleurs, qui sont ces gens ? ajouta-t-elle, les yeux brillants de curiosité. Vous avez mentionné le fait qu'ils étaient peu recommandables. À quel point le sont-ils ?

Alessio serra les dents.

— Ce sont des sangsues qui s'attaquent aux plus faibles, grommela-t-il. Le genre de types qui ne devraient pas s'approcher de quelqu'un comme le frère de mon client. Car il était inévitable qu'il tombe entre leurs griffes.

Il aurait voulu exprimer moins clairement à quel point cette histoire le touchait. Pour éviter qu'elle comprenne que la seule raison pour laquelle il avait accepté cette affaire était l'opportunité d'écraser cette sorte de parasites qu'il haïssait.

— Pourquoi est-ce inévitable ? demanda la jeune femme.

— Parce que les gens ont une fâcheuse tendance à croire que le pire ne pourra jamais leur arriver, répliqua Alessio. Ils font confiance à des personnes qui trichent et qui mentent pour arriver au pouvoir. Puis ils se rendent compte qu'ils se sont trompés. Mais alors il est souvent trop tard.

Cela avait été le cas pour sa famille. En l'espace d'un dimanche après-midi, ils avaient été détruits par des hommes à qui son père avait pensé pouvoir se fier.

Gigi écarquilla les yeux, manifestement avide d'en savoir plus. Il se maudit d'être aussi bavard. Bon sang, pas besoin d'être un génie pour deviner qu'il y avait une histoire *personnelle* derrière ce qu'il venait de raconter…

Il s'écarta d'elle et se passa nerveusement la main dans les cheveux. Il n'aimait pas être loin de la Sicile à cette période de l'année. Il se souvint comment, enfant, chaque jour qui précédait Noël était marqué par la joie et l'allégresse. Même après la tragédie et son chagrin infini d'avoir perdu son mari, sa mère avait été déterminée à faire preuve de courage pour ses fils.

Alessio repensa à tout ce qui leur avait été enlevé, ravivant sa promesse de faire payer ses ennemis.

C'était pour cela, sans doute, qu'il était en proie à ces émotions inutiles.

Basta.

Massimo avait intérêt à être là comme prévu demain, sinon il allait le regretter. Mais d'ici là…

Alessio se tourna vers Gigi et sentit son ventre se nouer quand il vit qu'elle le fixait. Dans le regard de la jeune femme, il perçut un mélange de curiosité sincère et de sympathie. Ce qui l'énerva et lui plut à la fois. Il était incapable de se détacher de ces yeux gris en amande qui firent soudain naître en lui un feu qui n'avait rien à voir avec la situation de son frère, de son client ou de son héritage volé. Et tout à voir avec le fait qu'il était attiré par elle comme un aimant.

Diu mio ! Un grognement sourd s'échappa de sa poitrine sans qu'il puisse le retenir. Elle tressaillit et rougit mais, contre toute attente, elle reprit leur discussion sur un ton calme.

— Selon moi, la seule façon d'avancer serait que votre client révèle la vérité ou bien qu'il rachète les quinze pour cent à ces gens, déclara-t-elle. Même si l'idée de les enrichir davantage me révulse, il est parfois préférable de limiter les pertes en s'y résolvant.

Intéressant.

— Et s'ils refusent de les rendre ?

Elle écarquilla les yeux, et Alessio eut soudain envie de plonger dans l'immensité de leur gris. Puis une ombre traversa le visage de Gigi, et elle baissa la tête une seconde avant de la relever et de soutenir son regard.

— Tout le monde a un prix. Ou alors…

Sa voix s'éteignit, et il vit passer un éclair de vulnérabilité sur les traits fins de la jeune femme.

— Ou alors quoi ? insista-t-il.

Elle prit une grande inspiration, et il comprit qu'elle se forçait à répondre.

— Eh bien, tout le monde a un point faible qu'il ne souhaite pas exposer.

C'est lui à présent qui brûlait de curiosité. Car l'émotion dans sa voix suggérait une implication personnelle, une histoire vécue qu'il avait envie de connaître, peu importent les règles qu'il avait édictées.

— Vous me suggérez d'exploiter ce point faible ? demanda-t-il, intrigué.

— Ce ne serait pas un problème, n'est-ce pas ? répondit-elle en lui lançant un regard de défi.

— Quelque chose ne vous plaît pas dans ma manière de travailler, *Duci* ? demanda Alessio.

Qui était-elle pour se permettre de le juger ? Elle n'était qu'une voleuse après tout.

— Vous espérez obtenir ce que vous voulez avec vos coups bas ? insista-t-il.

Elle rougit de plus belle – une autre capacité surprenante dont il ne l'aurait pas crue capable lors de leur dernière entrevue. Alessio contempla ses joues roses, résistant à grand-peine à l'envie de l'embrasser.

— M'auriez-vous donné une chance autrement ? murmura-t-elle.

— Non, admit-il.

En la voyant hausser les épaules comme si elle s'en moquait, il fut impressionné. Cette femme était plus forte que ce qu'il avait pensé. Que cachait-elle d'autre sous cette peau satinée ? Il sentit une flamme de désir le brûler à cette pensée.

— Alors, allez-vous le faire ? demanda-t-elle.

— *Che cosa* ?

— Exploiter leurs points faibles pour venir en aide à votre client ?

Il voulut lui répondre, mais un sentiment d'oppression le retint. C'était ridicule.

— Si c'est la voie que nous empruntons, ce sera la décision du client, déclara-t-il.

Elle le fixa quelques secondes de trop, et l'étau autour de sa poitrine s'intensifia. Il serra les dents.

— Que je le fasse ou non, cela ne vous empêche pas de chercher d'autres solutions. Où allez-vous ? ajouta-t-il en la voyant repousser son verre et se lever.

Le regard de Gigi se porta vers la fenêtre et la nuit qui était tombée pendant leur dîner.

— Je vais dans ma chambre. Puisque nous avons toute la journée de demain pour en discuter, je préfère aborder la question après une bonne nuit de sommeil.

Il la regarda, stupéfait. Elle allait vraiment se coucher alors qu'il était là, parfaitement éveillé ?

Toutes les femmes qu'il connaissait auraient profité du désir évident qui le consumait et se seraient jetées sur lui à cet instant. Curieusement, celle-ci se contentait de camoufler à grand-peine sa nervosité en évitant son regard.

Même si cela lui semblait fou, elle cherchait vraiment à le fuir.

Peu importe, il avait des dizaines de dossiers à traiter qui exigeaient son attention. Alors hors de question de gâcher une seconde de plus en compagnie de cette femme.

Il hocha imperceptiblement la tête lorsqu'elle s'éloigna de l'îlot, traînant ce boa en plumes ridicule. Quand elle se retourna pour tirer dessus nerveusement, il eut le sentiment que ses lèvres formulaient des mots silencieux.

Regrettait-elle sa décision ?

— On se voit demain matin, murmura-t-elle avant de repartir, alors qu'il fixait, captivé, le balancement de ses hanches, la courbe délicieuse de ses fesses et ses jambes interminables.

Des jambes qu'il imaginait enroulées autour de sa taille tandis qu'il la pénétrait profondément…

Stop ! Cela n'arrivera pas. Rappelle-toi qui elle est et pourquoi elle est là.

— Gigi ? lança-t-il d'une voix rauque alors qu'elle était sur le point de quitter la pièce.

Elle s'immobilisa avant de se retourner lentement vers lui.

— Oui ?

— Mon blason est-il en sécurité ? demanda-t-il d'un ton brusque qu'il regretta aussitôt.

Elle écarquilla les yeux avant de les baisser et de mordiller sa lèvre inférieure.

Alessio avait la réputation de n'avoir aucune émotion. Était-ce ce qu'elle croyait, elle aussi ?

Pour une raison absurde, il eut soudain envie de lui prouver qu'il était humain, comme tout le monde. Mais il n'eut pas le temps de reprendre la parole, car alors elle releva le visage vers lui en le regardant dans les yeux.

— Je vous donne ma parole que vous récupérerez votre bien une fois que nous en aurons terminé avec cette affaire.

Giada entra dans sa chambre, pétrie de culpabilité. Elle s'adossa à la porte après l'avoir fermée et prit une profonde inspiration. Alessio avait demandé à être rassuré, et c'est ce qu'elle avait fait, sans savoir si elle serait capable de tenir sa promesse.

Mais quel autre choix avait-elle ?

Un gémissement lui échappa, et elle faillit se précipiter sur son lit pour appeler sa sœur. Tant pis pour le silence radio qui était convenu. Elle avait besoin de savoir si Gigi avait récupéré le blason d'Alessio Montaldi.

Mais elle réussit à se retenir. C'était trop risqué. Et puis l'éclair de vulnérabilité qu'elle avait vu passer dans le regard d'Alessio l'avait bouleversée.

Cet écusson familial comptait-il à ce point à ses yeux ? Pourquoi était-il si désespéré à l'idée de ne pas pouvoir le récupérer ?

Elle n'avait pas osé le lui demander, évidemment.

Giada jeta un regard à travers la pièce. Elle comptait prendre une bonne douche et se mettre au lit. Demain, elle allait passer la journée entière avec Alessio au chalet, en attendant le retour de son frère.

Réprimant un nouveau gémissement, elle se redressa. Après tout, s'il avait accordé à Gigi un vrai entretien à Monaco et qu'il s'était comporté de façon correcte avec elle, Giada ne serait pas là aujourd'hui. Alessio ne faisait que récolter ce qu'il avait semé.

Les jets puissants de la douche lui firent du bien, mais ne suffirent pas à atténuer les tensions de son corps. Elle n'arriverait à se détendre qu'une fois qu'elle serait partie d'ici. Cette pensée l'amena à se retourner pendant des heures entre les draps luxueux de son lit avant de finir par sombrer dans le sommeil.

Giada sut qu'elle avait dormi beaucoup plus longtemps que prévu quand elle se redressa brusquement avec une sensation d'oppression étrange au creux du ventre. Les lourds rideaux qui obturaient les fenêtres avaient empêché le soleil de la déranger, mais elle fronça les sourcils en posant un pied au sol.

Quelque chose l'avait définitivement réveillée.

Elle se dirigea pieds nus jusqu'à la porte qu'elle entrouvrit, et alors le son d'une voix d'homme en colère lui parvint plus nettement.

Elle fit la grimace en apercevant dans le reflet du miroir la chemise de nuit que Gigi avait glissée dans sa valise. Hormis quelques cordons de dentelle et des carrés de résille, elle ne cachait rien du tout. Giada secoua la tête et ôta le vêtement ridicule avant de revêtir le peignoir en soie qu'elle avait trouvé dans la salle de bains. À présent couverte des mollets jusqu'au cou, elle se sentait beaucoup mieux. Elle se brossa les dents, attacha ses cheveux en queue-de-cheval et sortit de sa chambre. Le couloir était désert, tout comme la salle à manger et le salon.

Giada n'avait pas eu le temps d'explorer tout le chalet, aussi ne put-elle situer l'endroit d'où provenaient les furieux éclats de voix. Pas du bureau d'Alessio en tout cas, qui était vide également. Mais, alors qu'elle se dirigeait vers la cuisine, elle repéra un escalier qui menait à un sous-sol. Et, depuis la cage d'escalier, elle entendit Alessio qui hurlait en sicilien, visiblement au téléphone.

Elle hésita quelques secondes, puis descendit une à une les marches, jusqu'à un vaste espace qu'elle aurait contemplé, époustouflée, si elle avait pu détacher les yeux de la silhouette d'Alessio.

Le cœur battant, elle s'immobilisa en se tenant à la rampe. Il ne portait qu'un pantalon de survêtement en coton noir, et la sueur coulait le long de son torse nu et puissant. Les gants de boxe posés sur un banc à proximité de lui indiquaient ce qu'il faisait avant d'être interrompu par ce coup de téléphone.

Des feux d'artifice explosèrent sous sa peau, et Giada fut soulagée de porter ce peignoir pour camoufler les réactions de son corps. Sinon, elle n'aurait eu d'autre choix que de se jeter dans la grande piscine qui se prolongeait sur une terrasse extérieure dont elle était séparée par des baies vitrées.

Alessio n'avait pas encore remarqué Giada. Visiblement exaspéré, il faisait les cent pas dans la pièce.

Elle observa, fascinée, les tatouages qui recouvraient son dos. Le premier représentait une épée sertie avec ce qui ressemblait à un rubis et une émeraude, le manche dissimulé par un poing serré. Le second était composé d'une série de chiffres romains qui partaient de la pointe de la lame pour aller jusqu'au creux de ses reins.

Giada devina aussitôt que ces tatouages avaient une signification très personnelle pour Alessio. Elle fut prise d'une envie si forte de les toucher qu'un petit gémissement lui échappa avant qu'elle puisse le retenir.

Alessio se tourna aussitôt vers elle, et elle cessa de respirer.

Il la fixa de ses yeux flamboyants, son téléphone collé à l'oreille en continuant de râler en sicilien.

— C'est inacceptable ! s'écria-t-il. Je dois partir d'ici !

Dans le silence qui suivit, elle devina que son interlocuteur tentait de lui proposer une solution.

— Certainement pas ! Trouve autre chose. Qui n'implique pas de... *Ciao ? Ciao ?*

Alessio écarta le portable de son oreille et regarda l'écran tandis que son visage affichait une incrédulité complète.

— *Figghiu ri... !* lâcha-t-il d'une voix lasse avant de prendre une longue inspiration.

— Je suppose que ce n'est pas le meilleur moment pour vous dire bonjour...

Il posa ses yeux dorés sur elle tout en serrant le téléphone dans sa main.

— Non, *Duci*. C'est loin d'être une bonne matinée.

Elle aurait dû s'enfuir, mais son corps refusait de lui obéir.

— J'étais sur le point de me faire du café. En voudriez-vous une tasse ?

L'espace d'un instant, Alessio la regarda comme s'il avait du mal à comprendre ses mots. Elle fit demi-tour et remonta l'escalier mais, alors qu'elle arrivait en haut des marches, elle sentit sa présence dans son dos et ne put réprimer un frisson. Dieu merci, elle parvint à atteindre la cuisine sans trébucher et se dirigea vers la cafetière ultramoderne.

— Un double expresso ? fit-elle en lui lançant un regard par-dessus son épaule.

Un éclair de surprise traversa les yeux d'Alessio avant qu'il acquiesce d'un bref hochement de tête. Tandis qu'elle s'affairait à préparer leurs boissons, elle sentit qu'il arpentait la cuisine nerveusement. Mais, quand elle se tourna vers lui pour lui tendre sa tasse, il s'immobilisa, les yeux rivés sur elle.

Pourquoi réagissait-elle ainsi quand il la regardait ?

Cela ne voulait rien dire. Rien du tout.

Alessio baissa les yeux vers les volutes sombres du café avant de porter la tasse à ses lèvres et d'avaler son contenu d'un trait. Un geste que Giada trouva infiniment sexy sans se l'expliquer.

Pour sa part, elle sirota le breuvage en s'imprégnant de son parfum épicé, tentant d'oublier la tension qui régnait dans la pièce.

— Vous avez encore des problèmes avec Massimo ?

Le visage d'Alessio se tendit.

— Je n'ai pas parlé à mon frère ce matin. Cela ne sert plus à rien, maintenant.

Elle fronça les sourcils.

— Que voulez-vous dire ?

Ses yeux dorés la transpercèrent, comme s'ils essayaient de comprendre ce qui semblait être une question ridicule.

— Vous avez jeté un œil dehors ?

— Dehors ? Non. Pourquoi ?

Alessio se dirigea vers elle d'un air impatient, puis il la prit par le coude et la conduisit jusqu'à la fenêtre la plus proche.

Giada aperçut alors un voile blanc quasi apocalyptique qui s'étendait à perte de vue.

C'était étrange de beauté et terrifiant de signification. Car elle avait déjà vu ce genre de tempête de neige. À des milliers de kilomètres de là. Dans l'Antarctique.

Mais ici ? Maintenant ? Les complications désastreuses qui pourraient en découler lui traversèrent l'esprit. Elle chercha le regard d'Alessio, comme pour se rassurer, tout en secouant la tête.

— Oh non ! murmura-t-elle d'une voix faible.

Il esquissa un sourire qui n'avait rien de joyeux.

— Oh si, *Duci* ! En raison d'une tempête d'intensité inhabituelle la nuit dernière, nous voici prisonniers de la neige. Ce qui signifie que ni vous ni moi ne quitterons cet endroit de sitôt.

L'espace d'une seconde, la panique l'empêcha de respirer. Elle se tourna à nouveau vers la fenêtre.

— Ce n'est pas possible...

Le souffle tiède d'Alessio effleura son oreille une seconde avant qu'il réponde :

— Non seulement c'est possible, mais en plus nous sommes sur le point d'être touchés par une seconde vague d'intempéries encore plus fortes d'ici une heure. Si vous ne me croyez pas, vous n'avez qu'à regarder le ciel.

C'est ce qu'elle fit, et alors son cœur bondit dans sa poitrine. Des nuages bas et noirs, lourds de neige, formaient un front dense qui avançait dans leur direction. Le signe évident d'une tempête imminente.

Giada inspira profondément et se tourna vers Alessio.

— Quel est le plan ? Comment pouvons-nous sortir d'ici ?

Il lui lança un regard sardonique.

— Vous n'avez pas entendu ce que je viens de dire ?

Soudain, elle eut du mal à respirer. Hors de question qu'elle reste bloquée dans ce chalet avec lui. Elle s'installa sur le tabouret face à l'îlot central et posa sa tasse.

— Mais vous... vous êtes Alessio Montaldi, s'exclama-t-elle en se tournant vers lui. L'homme mondialement connu pour régler tous types de problèmes. Nous ne pouvons tout de même pas rester bloqués là, si ?

Alessio s'adossa au mur et croisa les bras en lui lançant un regard perplexe.

— Vous me semblez bien agitée, Gigi. Et moi qui pensais que vous seriez ravie de m'avoir pour vous toute seule avant Noël.

Mon Dieu, c'est vrai, c'était bientôt Noël ! Sa mère allait être folle de rage si Giada ne la rejoignait pas comme prévu.

— Croyez-le ou non, ce n'est pas du tout ce que je voulais, déclara-t-elle.

Le regard d'Alessio se fit plus dur.

— Est-ce parce qu'il n'y a pas assez de public ici pour vous divertir ? Vous préféreriez danser sur les tables et verser du champagne dans la bouche des hommes ?

Elle fut prise d'une envie brûlante de tout nier. Mais elle parvint à relever le menton et à le fixer d'un air de défi.

— Et alors ? Quel mal y a-t-il à aimer avoir de la compagnie ? Surtout pendant les vacances. Je veux ce travail, mais j'ai aussi une vie. Et des projets, qui n'incluent pas le fait d'être enfermée ici avec vous.

Elle ne put réprimer un frisson en prononçant cette dernière phrase. Car la réalité, beaucoup plus troublante, n'avait rien à voir avec ce qu'elle avait dit.

— Dans ce cas pourquoi s'arrêter aux vacances ? lança-t-il d'un ton sec. Avec des gens comme vous, la vie est une fête toute l'année, n'est-ce pas ?

Giada leva les yeux au ciel.

— Vous préféreriez que tout le monde se promène avec un air de vendetta meurtrière dans les yeux, comme vous le faites ?

Un silence épais s'installa entre eux. Seuls les battements effrénés de son cœur résonnaient dans les oreilles de Giada. Car elle savait qu'elle avait commis une erreur en voyant les flammes qu'elle avait allumées dans les yeux d'Alessio.

— Je suis désolée, murmura-t-elle. Je ne voulais pas...

Il balaya ses excuses d'un revers de la main.

— Je me moque de ce que vous pouvez penser de moi, dit-il. Si risquer votre mort ne signifiait pas la perte de mon bien, je n'hésiterais pas à vous laisser affronter la tempête.

Il s'interrompit et fit quelques pas vers elle avant de reprendre :

— Dites-moi où se trouve mon blason et, dès que mon équipe l'aura récupéré, vous pourrez braver les éléments à votre guise pour retourner à vos paillettes.

Giada eut de la peine à recouvrer ses esprits tant il avait réussi à retourner la situation contre elle.

— Avec qui parliez-vous au téléphone si ce n'était pas votre frère ? Vous lui avez demandé de trouver une solution. Est-ce quelqu'un qui pourrait nous sortir d'ici ?

Le regard compatissant qu'Alessio lui adressa lui fit

comprendre que ses prières étaient vaines. Il s'approcha d'elle et l'entoura de ses bras en posant les mains sur le comptoir, de chaque côté de ses hanches. Son parfum viril mêlé à l'odeur de sa transpiration aurait dû la rebuter. Pourtant, elle fut prise d'une envie soudaine d'enfouir le visage au creux de son cou pour s'en imprégner davantage.

— Si vous avez entendu cette partie de la conversation, vous savez aussi ce qui s'est passé. Il n'y a aucune solution, *Duci*. Les lignes sont coupées, ce qui signifie, pas d'appel téléphonique, ni d'Internet, et aucun moyen de descendre de cette montagne pour l'instant Même si nous détestons cette idée, nous sommes coincés ici tous les deux.

Avant qu'elle puisse répondre, il leva une main vers elle et posa un doigt sur sa bouche sans la quitter des yeux. Très lentement, il le fit glisser le long de sa lèvre inférieure.

Giada sentit tout son corps s'éveiller à ce simple contact et elle eut un mal fou à réprimer un gémissement.

— Allez-vous rester sagement ici ? demanda-t-il.

Elle savait mieux que quiconque à quel point la neige pouvait se révéler dangereuse. Elle n'avait pas le choix.

— Oui, déclara-t-elle. Mais rien n'a changé depuis hier. Si vous vous attendiez à ce que je me montre docile, vous allez être déçu.

Elle retint son souffle, s'attendant à une réaction furieuse. Mais rien de tel n'arriva. Dans les yeux dorés d'Alessio, elle vit passer un éclair de dédain, puis il se redressa et quitta la cuisine sans ajouter un mot.

Giada resta immobile quelques secondes avant de se diriger vers la fenêtre, en proie à un tumulte d'émotions nouvelles.

Comment diable allait-elle survivre pendant plusieurs jours dans ce chalet avec Alessio Montaldi ?

Et pourquoi cette perspective faisait-elle s'envoler au creux de son ventre une nuée de papillons ?

6

Trois heures s'étaient écoulées depuis leur discussion dans la cuisine.

N'y tenant plus, Giada décida de sortir de sa chambre et de se lancer dans l'exploration du chalet.

Derrière la salle à manger et la cuisine, elle découvrit un autre salon beaucoup plus vaste, doté de deux imposantes cheminées et... à sa stupéfaction, d'un immense sapin de Noël richement décoré de boules et guirlandes en or foncé ainsi que de petits paquets en velours vert.

Giada écarquilla les yeux en faisant le tour de cet arbre magnifique. Au-dessus des cheminées, elle remarqua d'autres cadeaux luxueux cachés dans de petites boîtes en cristal de Swarovski, entourées de couronnes de houx. En s'approchant, elle constata que celles-ci portaient l'étiquette de bijoutiers célèbres.

En d'autres circonstances, Giada aurait été émerveillée de ce spectacle, mais elle ne parvenait pas à contenir l'inquiétude qui s'était emparée d'elle à l'idée d'être bloquée ici avec Alessio Montaldi.

Pour une durée illimitée.

Elle retourna dans sa chambre sans avoir réussi à se calmer mais, quand elle regarda par la fenêtre, elle ne vit que la promesse d'un ciel encore plus bouché dans les heures à venir.

Elle soupira, pleine d'une frustration qu'elle avait rarement connue dans sa vie. Puis elle secoua la tête. Depuis quand perdait-elle tout son courage au premier signe d'adversité ?

Depuis que tu es enfermée avec un homme qui fait battre ton cœur à tout rompre dès que tu le regardes...

Assez.

Elle alla jusqu'à sa valise et sortit son téléphone, mais elle constata rapidement qu'il n'y avait aucun réseau. Si seulement elle avait envoyé ce texto à Gigi, la veille au soir, plutôt que d'opter pour la prudence !

Quand elle sortit de sa chambre, elle tomba sur Alessio dans le couloir, et la nuée de papillons au creux de son ventre s'envola à nouveau. Il s'était douché et changé mais, de toute évidence, cela n'avait pas suffi à atténuer son humeur massacrante.

Lorsqu'il s'approcha d'elle, elle cessa de respirer. Il passa un moment à l'examiner, puis il s'écarta sans un mot, et elle expira lentement.

— Nous sommes bloqués par la tempête, mais il n'y a aucune raison pour que nous ne reprenions pas là où nous en étions la nuit dernière, déclara-t-il froidement.

L'espace d'un instant, les pensées de Giada s'envolèrent dans toutes les directions jusqu'à ce qu'elle comprenne qu'il faisait allusion au problème de son client et à l'entretien qu'elle avait réclamé.

— Oh ! oui, bien sûr, souffla-t-elle.

Alessio s'éloigna de quelques pas, puis il se retourna en s'apercevant qu'elle était restée immobile et le fixait, comme hypnotisée.

— Vous venez ?

Giada leva les yeux et sut à son regard moqueur qu'il avait deviné son trouble. Ses joues la brûlèrent tandis qu'un sentiment de honte s'emparait d'elle. Elle releva le menton et le suivit jusqu'à la cuisine.

— En plus des restes du dîner d'hier soir, je vous propose une vichyssoise et de la salade, si cela vous va, fit-il en lui lançant un regard interrogateur par-dessus son épaule.

Giada acquiesça précipitamment.

— Parfait ! Je vais mettre la table dans la salle à manger.

— C'est déjà fait. Si vous alliez plutôt choisir une bouteille de vin ? Le cellier est par ici.

Elle prit la direction qu'il lui avait indiquée et passa devant un garde-manger qui contenait suffisamment de vivres pour nourrir un régiment pendant plusieurs mois. Priant secrètement pour qu'ils ne soient pas coincés ici aussi longtemps, Giada franchit une porte à double battant et pénétra dans une autre pièce remplie de bouteilles de vin et de spiritueux. Elle contempla, un peu perdue, les grands crus de rouge, de blanc et de rosé.

— Tout va bien ?

Elle sursauta et se retourna pour découvrir Alessio juste derrière elle. L'intimité de cet espace clos et son parfum viril qui l'enveloppait comme une caresse la troublèrent tant qu'elle dut s'écarter légèrement. Ses tétons durcirent dans son soutien-gorge, et elle se mit à respirer plus vite.

Que lui arrivait-il ?

Elle secoua la tête pour recouvrer ses esprits.

— Oui, tout va bien. Je me demandais juste quel vin blanc choisir, répondit-elle, face à la vitrine réfrigérée qui contenait les millésimes les plus prestigieux.

Elle ouvrit la porte et en choisit un au hasard.

— Celui-ci fera l'affaire, je pense.

Alessio fixa la bouteille en haussant les sourcils.

— Un choix intéressant.

— Pourquoi ? s'enquit-elle en se demandant s'il ne se moquait pas d'elle, avant de lire l'inscription sur l'étiquette. *Maison Montaldi*. Vous avez votre propre vignoble ? ajouta-t-elle, sidérée.

Il esquissa un sourire dévastateur.

— Un client particulièrement reconnaissant des services

que je lui avais rendus m'en a offert un en guise de règlement. J'ai hâte de voir si cela en valait la peine.

— Vous voulez dire que l'on vous a offert un vignoble et que vous n'avez pas encore goûté votre propre vin ?

Alessio haussa les épaules avant d'inviter Giada à sortir du cellier.

— Je préfère le vin sicilien. Mon client français était plus près de ce côté-ci de la frontière, c'est pourquoi j'ai fait envoyer les bouteilles ici. Je ne suis revenu qu'une fois au chalet depuis, donc non, je n'ai pas encore eu l'occasion de le déguster.

Quand il fut assis dans la salle à manger, Alessio ouvrit la bouteille et remplit deux verres. Il fit longuement tournoyer le liquide ambré dans le sien tandis que Giada se servait de la soupe avant de lui en proposer. Il acquiesça, et elle posa une seconde assiette, accompagnée de pain chaud, sur la table devant lui.

Alessio but une première gorgée de vin, et elle attendit sa réaction, mais il se contenta de hausser les épaules.

— Il est correct, dit-il d'un ton désinvolte.

Giada se retint de hausser les yeux au ciel et se concentra sur la soupe qui s'avéra délicieuse, tout comme la salade de melon au prosciutto qui suivit.

Mais c'était sans comparaison avec le plateau de truffes au chocolat qu'Alessio fit glisser vers elle, une fois qu'ils eurent rapporté leur vaisselle sale dans la cuisine. Le goût puissant et parfumé du dessert était si irrésistible que Giada ne put réprimer un gémissement de bonheur en le laissant fondre sous sa langue. Mais, en croisant le regard brûlant d'Alessio, elle se hâta de lancer un sujet de conversation pour dissiper son trouble.

— Depuis combien de temps possédez-vous ce chalet ?

Il patienta quelques secondes avant de répondre :

— Six ans. Mais je n'y suis venu que deux fois.

— Seulement ? s'exclama-t-elle.

— Je préfère les climats plus chauds.

— Dans ce cas, pourquoi investir dans cette région ?

Alessio baissa les yeux vers le visage perplexe de Giada, comme pour évaluer la sincérité de sa question, puis il inclina la tête en direction de la fenêtre.

— Vous voyez la montagne derrière vous ?

Elle se retourna pour contempler la vue et, à travers les bourrasques de neige, elle distingua l'imposante silhouette qui s'élevait dans le ciel.

— Oui.

— Elle m'appartient.

Giada écarquilla les yeux.

— Vous possédez… *toute* la montagne ?

— Oui. Ainsi que le village en contrebas. Et les maisons dans un rayon de huit kilomètres. Mais c'est surtout pour profiter de la montagne que j'ai acquis cet endroit. Les rares fois où me prend l'envie de skier, je peux le faire sans être dérangé.

Elle le regarda, stupéfaite.

— Ne devrait-il pas y avoir une loi qui empêche d'être aussi…

Elle s'interrompit, ne sachant comment formuler sa pensée.

— Oui ? dit-il d'une voix encourageante. Une loi contre le désir de confidentialité peut-être ? Ou contre le sauvetage d'une micro-économie qui menaçait d'être exploitée par le mercantilisme ?

Le cœur de Giada fit un bond.

— Vous voulez dire que… vous avez sauvé ce domaine ?

Alessio haussa les épaules.

— La station risquait de devenir un mini-Verbier ou un Val-d'Isère. Disons que je suis intervenu pour l'en empêcher.

Il s'interrompit, et son visage s'éclaira d'un sourire de prédateur qui la fit frémir.

— Est-ce que certains mégalomanes se vantent de pouvoir skier chez moi en s'acquittant pour ce privilège de sommes astronomiques ? *Assolutamente*. Aucune loi n'interdit de gagner des millions en sauvant une petite partie de la planète. Ne pas en tirer parti serait pure naïveté, *Cara*.

Giada détestait que les arguments d'Alessio tiennent la route et qu'il brise les idées préconçues qu'elle avait à son sujet. Car cela anéantissait les raisons pour lesquelles elle ne devrait pas le trouver terriblement attirant. Comme pour lui donner raison, son propre corps réagissait à ce magnétisme de plus en plus fort à chaque minute qui passait.

Soudain, Alessio pencha la tête et lui lança un regard en coin.

— Vous ne trouvez plus que je suis... comment avez-vous dit déjà ? Ah oui, une brute avec un air de vendetta meurtrière dans les yeux ? ajouta-t-il avec un sourire amusé.

Une vague de chaleur embrasa son visage, et Giada détourna le regard. Puis elle releva le menton et soutint le sien.

— Je ne crois que ce que je vois, déclara-t-elle.

— Vraiment ? Et pourtant, vous me jugez quand j'agis ainsi...

Elle eut un léger halètement qui le fit sourire mais, avant qu'elle réplique, il reprit la parole.

— Je ne vous en tiens pas rigueur. Mon domaine d'activité est assez ambigu. Cela peut susciter chez certains des idées préconçues, voire intriguer.

— Comment êtes-vous devenu fixeur ? À ma connaissance, aucun diplôme universitaire ne vous prépare à ce genre de métier.

Le visage d'Alessio devint soudain grave, et Giada crut déceler une ombre de tristesse dans son regard doré. Un silence épais s'installa, et elle eut le sentiment que la lumière avait quitté la pièce. Le cœur battant, elle se demanda s'il allait répondre à sa question. Il posa lentement son verre de vin sur la table, mais garda les doigts enroulés autour du pied en cristal.

— Dès mon plus jeune âge, mon père m'a inculqué l'importance d'aider les autres, qu'ils aient du pouvoir ou pas, murmura-t-il enfin. Il était convaincu qu'en traitant les gens avec respect on s'assurait leur loyauté, quoi qu'il arrive.

Alessio s'interrompit quelques secondes, et un sourire mélancolique s'afficha sur son beau visage.

— C'était une idée noble, mais hélas tout le monde n'y adhérait pas.

— Que voulez-vous dire ?

Il se passa la main dans les cheveux, et Giada comprit qu'il était ému d'évoquer ces souvenirs.

— L'avidité et la jalousie sont parfois des moteurs puissants. Mon père l'a découvert à ses dépens lorsqu'il a été trahi par ceux en qui il avait confiance. Ils l'ont attiré dans un piège et lui ont fait payer le prix ultime.

Pas un instant Giada ne s'était attendue à ce que la conversation prenne un virage aussi sombre et déchirant. Ni à être gagnée par un élan de sympathie sincère et profond à son égard.

— Oh ! je suis désolée, Alessio...

Il se raidit en la fixant, et elle ne sut déchiffrer l'expression de son regard.

— *Grazie*, répondit-il d'une voix rauque.

Pendant une minute, il se contenta de la regarder, comme s'il essayait de lire ses pensées, et Giada ne put réprimer un frisson. S'était-elle trahie d'une manière ou d'une autre ?

— Vous n'êtes donc pas d'accord avec les leçons que votre père vous a enseignées ? demanda-t-elle soudain pour briser la tension qui s'était installée.

Alessio expira lentement avant de répondre :

— Si. Mais j'aurais aimé qu'il tienne compte d'une chose. Il serait peut-être encore en vie aujourd'hui s'il l'avait fait, acheva-t-il avec amertume.

— Laquelle ? s'enquit Giada, suspendue à ses lèvres.

— Accorder sa confiance sur les preuves, si on peut le dire ainsi, lâcha-t-il en esquissant un sourire.

— Vous-même faites confiance à peu de monde, n'est-ce pas ?

— En effet. Seuls les imbéciles se fient aveuglément aux autres.

Les mots d'Alessio la transpercèrent comme s'ils vivaient un moment très personnel alors que ce n'était pas le cas. Au-delà de ces quelques jours d'intimité forcée, ils ne se recroiseraient pas. Plus jamais ils ne partageraient un repas, un verre de vin ou les souffrances de leurs âmes.

— Mais on ne peut vivre éternellement ainsi, murmura-t-elle, comme si elle cherchait malgré elle un moyen de l'attirer vers la lumière.

— Vraiment ? Mais qu'en est-il de vous, Gigi ? À qui accordez-vous votre confiance ?

Tiraillée entre une curieuse oppression dans la poitrine en l'entendant l'appeler par le prénom de sa sœur et la nature révélatrice de sa question, Giada détourna le regard afin de s'accorder quelques secondes de réflexion.

Ils s'aventuraient sur un terrain beaucoup plus personnel. Et dangereux. Mais, tandis qu'elle hésitait à répondre, Alessio se pencha vers elle, et elle vit luire un éclair moqueur dans ses yeux.

— Vous voyez ? dit-il. Recevoir des conseils n'est pas aussi simple que d'en donner, n'est-ce pas, *Duci* ?

Elle soutint son regard sans ciller.

— Peut-être. Mais je n'écarte pas les gens avant d'avoir eu la chance de les connaître.

La lueur amusée brilla à nouveau dans son regard.

— Souhaiteriez-vous mieux me connaître, *bedda mia* ?

Sa voix rauque la fit frémir, et elle voulut répliquer quelque chose pour les ramener vers un terrain plus sûr, mais ce furent des mots très différents qui sortirent de sa bouche.

— Et alors, quel serait le problème ?

— Seriez-vous prête dans ce cas à vous exposer en retour ? demanda-t-il en la défiant ouvertement.

Giada peina à retrouver son souffle. Depuis sa rencontre avec Alessio, elle avait noté une myriade d'expressions sur le visage de ce Sicilien volcanique. Mais celle qu'il affichait en cet instant était totalement différente. Comme s'il n'avait fait que jouer avec elle jusqu'à présent et ne dévoilait que maintenant sa vraie nature.

Ou la mienne.

Mon Dieu ! Savait-il ? Comment aurait-il pu ?

Et si les lignes téléphoniques avaient été rétablies sans qu'elle le sache et qu'il avait découvert sa véritable identité ?

— Je... Je ne comprends pas ce que vous voulez dire, bredouilla-t-elle.

Il continua à la fixer de ses yeux perçants comme des lasers.

— Je trouve votre enthousiasme à vouloir travailler avec moi un peu suspect. J'essaie toujours de comprendre ce qu'il est advenu de la femme que j'ai rencontrée il y a quelques mois et qui ne pensait qu'à faire la fête.

Giada parvint à hausser les épaules.

— Peut-être a-t-elle compris qu'il existe d'autres formes d'épanouissement dans la vie. À ce propos, ne devions-nous pas parler de votre client ? ajouta-t-elle en espérant le distraire de ce sujet de conversation périlleux.

Alessio esquissa un sourire, et elle retint son souffle, certaine qu'il avait vu clair dans son stratagème. Mais il posa ses yeux dorés sur elle et hocha la tête.

— Très bien. Je vous écoute.

Elle se mordilla la lèvre inférieure et prit une grande inspiration.

— Vous avez mentionné que le quatre-vingt-dixième anniversaire de son père approchait, c'est bien cela ? N'est-ce pas ce dernier qui a fondé l'entreprise ?

Alessio acquiesça.

— Au-dessus d'un restaurant chinois de Brooklyn, il y a des décennies.

— Dans ce cas, dites à votre client d'annoncer qu'il conserve la filiale en difficulté pour des raisons sentimentales jusqu'à la mort de son père. Après quoi, elle reviendra à l'acheteur à un prix réduit. Cela donnera à votre client le temps nécessaire pour régler cette situation. L'acheteur y trouvera son compte, et ça ne peut le laisser indifférent. Si vous ajoutez à cela un événement d'ampleur pour célébrer l'anniversaire du vieil homme, il y a peu de risques que l'investisseur se retire du projet de fusion sans paraître cupide ni perdre la face.

Un silence de plomb suivit sa proposition, et Giada eut du mal à ne pas se tortiller sur sa chaise dans l'attente de la réaction d'Alessio. Quand il se leva pour saisir la bouteille avant de revenir dans son dos pour la resservir, elle ne put réprimer un frisson délicieux.

Et ce fut pire lorsque, après avoir rempli son verre, il s'attarda derrière elle et posa une main sur la table en se penchant si près qu'elle sentit son souffle tiède caresser sa nuque.

— Vous devriez être punie pour avoir dissimulé un niveau de réflexion aussi brillant sous des vêtements vulgaires et du champagne bon marché, *Duci*, murmura-t-il au creux de son oreille.

Mais, alors que Giada luttait pour contenir les battements fous de son cœur, il quitta brusquement la salle à manger.

Durant les deux jours qui suivirent, tandis que dehors le blizzard faisait rage sans montrer le moindre signe d'apaisement, elle constata que la frustration d'Alessio ne cessait de croître. Ils se croisaient le moins possible, partageaient des repas rapides et se séparaient aussitôt.

Sans doute était-il mécontent de s'être dévoilé comme il l'avait fait durant leur discussion.

Le cinquième jour au matin, Giada s'ennuyait tellement qu'elle décida d'aller piquer une tête dans la piscine du sous-sol dès le lever du soleil. Mais elle découvrit alors qu'Alessio l'avait devancée.

Son instinct lui cria de rebrousser chemin, mais elle ne bougea pas. Après tout, ce n'était pas sa faute s'ils étaient bloqués ici. Si Alessio n'avait pas décidé de venir la kidnapper à Gstaad, il aurait eu le temps de repartir en hélicoptère avec son frère.

Mais surtout, elle trouvait fascinant de le voir se déplacer dans l'eau à la manière d'un nageur olympique. Attirée comme un aimant, elle s'approcha du bord de la piscine.

Était-il inconscient de sa présence ou avait-il décidé de l'ignorer ? Giada penchait pour la seconde option.

Quoi qu'il en soit, il fit encore cinq allers-retours avant de s'arrêter juste devant elle, ce qui confirma ses soupçons.

Elle se raidit, s'attendant à l'une des remarques glaciales qu'il lui réservait ces derniers jours, mais il se contenta de la fixer sans un mot. Puis il pointa du doigt le maillot de bain qu'elle portait sous son peignoir fendu avant d'incliner la tête en direction des marches de la piscine.

— Venez, dit-il. On va faire la course.

Le cœur de Giada bondit dans sa poitrine.

— Ce serait injuste, protesta-t-elle en grimaçant. Je viens de vous voir nager. Vous allez beaucoup plus vite que moi.

Il lui lança un regard intense.

— La vie est injuste. Alors je vous propose de la rendre plus excitante. Je vous offre deux allers-retours d'avance sur un total de cinq.

Pourquoi diable avait-elle espéré quelque chose de plus… scandaleux ?

— C'est… d'accord.

Il eut un sourire de prédateur qui la fit trembler. Mais elle tint bon et, laissant tomber son peignoir au sol, elle se dirigea vers les marches qui menaient au bassin. Alessio ne la quitta pas des yeux tandis qu'elle entrait dans l'eau, et elle eut le sentiment qu'il la dévorait du regard, comme s'il avait un droit *sur elle*.

Il attendit, immobile, qu'elle nage jusqu'à lui.

— Prête ? demanda-t-il à voix basse.

Giada s'humecta les lèvres en sentant l'eau glisser sur son corps comme de la soie.

— Oui, souffla-t-elle en se mettant en position.

— Alors, go !

Elle prit une grande inspiration et s'élança sous l'eau, surprise elle-même par son accélération puissante, qu'elle attribua à sa préparation physique pour son voyage en Antarctique. Elle arriva au bout du bassin en une respiration, puis elle revint jusqu'à Alessio qui attendait son deuxième aller-retour. Elle lui jeta à peine un coup d'œil quand elle passa près de lui avant de repartir, mais elle devina le moment exact où il la rejoignit dans la course, car son corps puissant envoya un courant d'eau au moment où il la dépassa. Sans surprise, il effectua les cinq allers-retours avant qu'elle ait terminé les siens.

Fascinée, elle regarda les gouttes d'eau ruisseler sur le visage d'Alessio et le long de son torse musclé.

— Vous m'avez impressionné, reconnut-il. Je savais que je gagnerais, mais pas avec une marge aussi étroite.

Giada détourna le regard.

— J'aime nager. J'essaie d'aller à la piscine aussi souvent que possible.

Alessio plissa légèrement les yeux.

— Intéressant. Je ne me rappelle pas cela à propos de vous.

— C'est fou à quel point vous vous souvenez précisément des personnes que vous avez croisées. Il faudra me dire comment vous faites, un jour.

Elle avait voulu lancer sa remarque d'un ton désinvolte, mais elle s'aperçut qu'elle avait parlé avec trop de ferveur. Tremblante à l'idée d'avoir commis une erreur, elle sortit du bassin, consciente du regard d'Alessio rivé sur elle.

Elle attrapa une serviette et se dirigea vers le sauna mais, à peine fut-elle entrée dans la cabine où régnait une atmosphère délicieusement chaude qu'il apparut à son tour.

— Attention, *bedda mia*, murmura-t-il à voix basse. Vos piques occasionnelles m'intriguent de plus en plus.

— Pourquoi devrais-je faire attention ? répliqua-t-elle en soutenant son regard brûlant.

Mon Dieu, que lui arrivait-il ? Elle le défiait ouvertement.

— L'intrigue est la seule chose à laquelle je suis incapable de résister, précisa-t-il sans la quitter des yeux.

Troublée, elle saisit la louche en bois et versa un peu d'eau sur le charbon grésillant. Un léger sifflement empli l'espace clos d'une vapeur délicieuse qui la fit transpirer doucement. Giada sentit la sueur couler le long de sa gorge et dans son décolleté. Ses tétons durcirent à mesure qu'Alessio fixait les gouttes qui coulaient sur sa peau. Il savait qu'elle était excitée, elle en était certaine.

— Peut-être est-ce simplement lié au fait que vous vous ennuyez, murmura-t-elle.

— Je peux vous assurer que l'ennui est la dernière chose que j'éprouve, en ce moment.

Un désir aussi brutal que soudain naquit au creux de son ventre, répandant une chaleur humide et délicieuse entre ses cuisses. Giada pressa les doigts contre les planches de bois et lutta pour ne pas croiser le regard d'Alessio.

Il fallait qu'elle sorte tout de suite de ce sauna. Mais elle était incapable de bouger.

— Regardez-moi, *Duci*, ordonna-t-il doucement.

Elle cessa de respirer, et son cœur fit un bond.

Car, sous la serviette qu'Alessio avait nouée autour de sa taille, la preuve manifeste de son désir était évidente.

— Vous connaissez le pouvoir de vos charmes, affirma-t-il d'une voix rauque.

Elle écarquilla les yeux.

— Je... Vous...

Les mots lui manquèrent, et elle s'interrompit. Une fois de

plus, cet homme habile lui avait coupé l'herbe sous le pied en quelques mots.

Des mots qui s'enroulaient autour d'elle comme une caresse. Savoir qu'elle faisait cet effet à un homme aussi puissant que lui, même si c'était purement physique, était tout simplement... grisant.

Elle frissonna tandis qu'une nouvelle flamme de désir s'emparait d'elle et, hypnotisée, elle le regarda franchir l'espace qui les séparait en quelques pas. Alessio posa les mains sur le banc à côté d'elle et se pencha jusqu'à ce que leurs nez se frôlent et qu'elle sente son souffle tiède caresser ses lèvres entrouvertes.

— Je suis à votre merci, murmura-t-il. Ça ne durera pas, bien sûr, alors...

Il leva un sourcil et lui lança un regard insolent.

Il la défiait.

Mais de faire quoi ? De saisir l'occasion unique d'une tempête de neige pour goûter à l'intensité d'un homme qui faisait trembler le monde par sa simple présence ?

Le regard d'Alessio tomba sur sa bouche, et elle ne put réprimer un gémissement. Leurs lèvres fusionnèrent comme un moule d'argile chaud et parfaitement ajusté. Pressant, façonnant, glissant, Giada ne savait plus où leur baiser commençait et où se terminaient leurs sensations tandis que la tension des derniers jours explosait dans une frénésie de caresses.

Alessio se rapprocha, écartant facilement ses genoux, et il se glissa entre ses cuisses. La serviette qui le protégeait ne fut qu'une mince barrière contre la toile fine du maillot de bain de Giada, et tout de suite il vint presser son sexe en érection contre la chaleur humide du sien.

Elle laissa échapper un cri rauque tant le plaisir était fort et elle agrippa Alessio de toutes ses forces, enfonçant les ongles dans les muscles durs et lisses de son dos. Il grogna contre sa bouche et murmura des mots incompréhensibles avant de trouver un de ses seins. Il pinça son mamelon en approfondissant son baiser avec sa langue, et elle gémit de bonheur.

Quand Alessio posa une main sur ses fesses pour la presser davantage contre son sexe, la vision de Giada s'obscurcit. Elle eut le sentiment d'être au bord d'un précipice. Il lui suffisait d'écarter très légèrement son maillot d'un simple mouvement du doigt pour que leurs peaux soient en contact et, à cette pensée, elle perdit toute notion de la réalité. Elle enfonça les doigts dans les cheveux d'Alessio en gémissant plus fort et ferma les yeux.

— *Diu mio*, Gigi, murmura-t-il d'une voix rauque.

Giada tressaillit, le rappel de sa sœur lui faisant l'effet d'une douche froide, et elle ouvrit les yeux comme si elle voyait clair à nouveau.

D'un geste, elle repoussa Alessio avant de resserrer les cuisses et, le souffle court, elle se précipita jusqu'à l'entrée du sauna en évitant son regard. Puis elle entrouvrit la porte et se tourna vers lui en tremblant.

— Votre monde n'est peut-être pas très conventionnel, mais vous savez comme moi que c'est une mauvaise idée de coucher avec son employeur potentiel. C'était...

Elle s'interrompit, surprise de constater à quel point les mots étaient difficiles à prononcer.

— C'était une erreur. Qui ne se reproduira plus.

Les traits d'Alessio se tendirent, et elle comprit qu'il n'était pas heureux de sa réaction.

Mais alors il ôta sa serviette et la jeta sur le banc avant de s'y allonger paresseusement. Giada ne put s'empêcher de contempler son sexe en érection, qui pointait sous son maillot de bain.

— Vous pouvez dire ce que vous voulez pour expliquer votre fuite, *piccolo fiore*, déclara-t-il d'une voix basse sans la quitter des yeux. Nous savons tous deux que vous refleurirez pour moi d'ici peu. Maintenant, sortez je vous prie et fermez la porte derrière vous avant que la cabine se refroidisse.

Piquée par son apparente désinvolture, Giada se redressa et posa délibérément le regard sur son entrejambe.

— Vous survivrez à un petit refroidissement, lança-t-elle. D'ailleurs, il semble que vous en ayez besoin. Et non, je ne refleurirai pas pour vous. Une fois m'a suffi, je vous l'assure.

Sur ces mots, elle sortit du sauna, les joues brûlantes et le cœur battant à tout rompre, mais quelques secondes plus tard le rire doux et grave d'Alessio résonna dans son dos.

7

Plusieurs heures après leur étreinte dans le sauna, Alessio dut reconnaître que Gigi était parvenue à briser sa concentration légendaire. Il avait beau essayer de travailler, son esprit ne cessait de revenir à ces quelques minutes qui l'avaient ébloui.

Il sentit un désir brutal le saisir au souvenir du parfum de la jeune femme, de ses baisers et de ses gémissements. Il grogna en se rappelant la façon dont elle avait enfoncé les doigts dans son dos en pressant ses hanches contre lui.

Pourquoi diable l'avait-elle fui si brusquement ?

Sa déclaration sur le fait qu'il était important de garder une distance professionnelle entre eux sonnait faux. D'autant plus qu'elle savait parfaitement qu'Alessio avait une façon très peu conventionnelle de mener ses affaires.

Un rire lui échappa.

C'était un comble. Cette femme qui lui avait dérobé un objet précieux se permettait de lui faire la leçon sur son comportement.

C'était exaspérant. Et terriblement *excitant*.

Alessio jeta son stylo et se leva d'un bond, mais son humeur ne fit qu'empirer lorsqu'il posa le regard sur la neige qui tombait à gros flocons derrière la fenêtre. Étalés sur son bureau, plus de dix dossiers urgents requéraient son entière attention, et pourtant il était incapable de s'attarder sur un seul d'entre eux. L'énigme Gigi Parker accaparait son esprit.

Il fronça les sourcils.

Quelque chose lui échappait. Mais quoi ?

Une sonnerie retentit, et il tourna la tête vers son bureau, comprenant que le réseau venait d'être restauré.

Alessio alluma son ordinateur. Des dizaines de mails défilèrent dans sa boîte de réception, mais c'est son téléphone qu'il saisit. Un message de Massimo l'informait que ce dernier était rentré en Sicile, ce qui eut pour effet de l'apaiser un peu.

Un des deux frères serait quand même à la maison pour Noël. Comme chaque année, Massimo déposerait sur la sépulture de leur mère un bouquet de ses fleurs préférées et sur celle de leur père, la boîte des cigares cubains dont il raffolait.

Alessio lui envoya une brève réponse, encore trop énervé pour être capable de lui parler pour l'instant.

Un autre message du responsable de sa meilleure équipe promettait de lui fournir un rapport complet sur Gigi Parker dans les vingt-quatre heures.

Alessio lut rapidement les messages restants dont le dernier provenait de son client américain. Voilà au moins un problème qu'il pouvait résoudre. Il composa le numéro privé de l'entrepreneur qui décrocha aussitôt.

— J'essaie de vous joindre depuis plusieurs jours ! lança l'homme d'un ton inquiet. Avez-vous trouvé une solution ? Les investisseurs potentiels menacent de se retirer du projet, ajouta-t-il d'une voix désespérée.

Alessio marqua une courte pause, puis il exposa à son client la solution que Gigi avait suggérée.

— Formidable ! s'écria le milliardaire d'une voix enthousiaste. Je mets tout de suite mon équipe de RP sur le coup. Vous êtes un faiseur de miracles, Montaldi, ajouta-t-il avant de soupirer. J'étais à deux doigts de jeter l'éponge et de renoncer à cet accord, mais tout va bien se passer maintenant. Je vous dois une immense faveur. En plus de vos honoraires, bien entendu, acheva-t-il avant d'éclater de rire.

Alessio serra les dents.

— Vous ne me devez rien, dit-il en serrant le téléphone entre ses doigts. C'est un membre de mon équipe qui a imaginé cette solution.

— Eh bien, dans ce cas, je serai très heureux de le rencontrer quand tout sera terminé afin de lui exprimer mes remerciements en personne. Il nous sauve, ma famille et moi, d'une potentielle OPA hostile et d'un scandale qui nous aurait anéantis.

Alessio sentit une bouffée de jalousie le gagner à l'idée que Gigi reçoive les distinctions et les cadeaux de ce riche P-DG.

Inferno.

Il travaillait avec des femmes incroyablement belles et talentueuses. Il avait d'ailleurs couché avec plusieurs d'entre elles. Alors pourquoi ressentait-il ce besoin de possession inhabituel ? Et cette envie lancinante de plonger plus profondément dans l'âme de Gigi, tout en dévorant simultanément chaque centimètre carré de son corps délicieux ?

Basta.

Il n'avait pas eu de femme depuis trop longtemps, voilà tout. Dès qu'il quitterait cet enfer, il s'abandonnerait à la luxure, le temps d'assouvir cette faim. Mais, alors même que cette pensée se formait dans son esprit, Alessio la rejeta avec dégoût.

Au fond, il devait admettre que ce chalet n'était pas si désagréable. Et puis il y avait une certaine… douceur dans le fait de ne pas être soumis au rythme effréné qui était habituellement le sien.

Cela ne durerait pas, il le savait. En attendant, il pourrait peut-être se contenter d'être là.

Avec elle.

Un désir puissant le gagna à nouveau, exigeant satisfaction. Exigeant de la voir.

Il se frotta les joues pour tenter de calmer sa frustration et répondit à son client.

— C'est très aimable, mais ce ne sera pas nécessaire, déclara-t-il, conscient que sa voix était tranchante comme de l'acier.

Quelques secondes s'écoulèrent avant que son interlocuteur s'éclaircisse la gorge.

— Bien sûr, je comprends. Je vous tiens au courant.

— Parfait, répliqua Alessio avant de raccrocher.

Il ressentit l'étrange besoin d'informer Gigi que sa solution avait rencontré un franc succès, même s'il était un peu embarrassé par la façon dont leur étreinte dans le sauna s'était achevée. Pourtant, il ne put s'empêcher de gravir l'escalier et de se diriger vers le couloir qui menait à sa chambre.

En entendant le son de la voix basse et agitée de Gigi, il accéléra le pas en direction de la porte entrouverte de sa chambre. Manifestement, la jeune femme avait constaté elle aussi que le réseau était rétabli. Son portable appuyé contre l'oreille, elle se passait nerveusement la main dans les cheveux en écoutant son interlocuteur.

En voyant l'expression de son visage de profil, Alessio faillit s'approcher pour lui demander ce qui la bouleversait à ce point. Mais il se figea dans l'encadrement de la porte. Pourquoi cela lui faisait-il autant d'effet ?

Quelles que soient les émotions puissantes qu'il éprouvait à son contact, il devait y mettre fin. Le plus tôt possible.

— Non, Renata, ce n'était pas prévu. Je n'ai pas le pouvoir de commander les tempêtes de neige, déclara-t-elle d'une voix triste. Je ne sais même pas pourquoi tu exiges ma présence alors que nous ne ferons que nous disputer, tu le sais bien. Non, je ne lis pas dans l'avenir, mais c'est une hypothèse raisonnable puisque c'est ce qui arrive à chaque fois.

Gigi marqua une pause et inspira profondément tandis qu'un torrent d'italien aux consonances anglaises faisait vibrer son téléphone.

— Donc, tu prouves par *a* plus *b* que je dis la vérité, répondit-elle enfin d'une voix lasse. Je suis consciente d'être pour toi un sujet de déception permanent. Au fond, c'est peut-être mieux que je ne puisse pas vous rejoindre pour Noël. Vous vous amuserez mieux sans ma présence.

Un autre déluge se déversa dans le téléphone, et elle tressaillit violemment.

Alessio ne put réprimer un grognement qui la fit sursauter. Elle se retourna, et il la vit pâlir au moment où elle le découvrit sur le seuil.

— Je... Je dois te laisser. Au revoir, Renata.

Elle posa sur lui ses yeux gris en amande.

— Le concept de vie privée vous est étranger ?

— Qui est Renata ? demanda Alessio sans pouvoir s'en empêcher.

Une ombre passa sur le visage de Gigi, et il serra les dents en voyant son air désolé.

— Quelqu'un dont je ne souhaite pas parler, répliqua-t-elle en relevant le menton d'un air fier qui le brûla comme une flamme.

Santo cielo, pourquoi cette femme lui faisait-elle cet effet dévastateur ?

— Quelqu'un de suffisamment proche pour qu'elle vous attende à Noël... Un parent peut-être ?

Il la vit prendre une grande inspiration avant de tourner le visage vers la fenêtre.

Comme lui, elle s'était douchée après le sauna, mais elle ne s'était pas rhabillée. Au lieu de cela, elle avait revêtu le peignoir en soie de sa salle de bains. Chez n'importe quelle autre femme, Alessio aurait pris cela pour une tentative de séduction. Mais à en juger par la façon dont elle avait resserré le vêtement autour de son cou, la ceinture soigneusement nouée autour de sa taille et une main sur les cuisses pour empêcher les deux pans de se séparer, il comprit qu'elle cherchait à se camoufler plus qu'autre chose. Comme avec le boa en plumes. Ou les multiples couches de vêtements qu'elle avait l'habitude de porter comme autant de barrières. Cela n'avait aucun sens.

Il avait le sentiment que, d'un moment à l'autre, cette femme changeait de personnalité. Par exemple, la Gigi qu'il avait rencontrée quelques mois auparavant n'aurait jamais été bouleversée par une conversation téléphonique comme celle-ci. Cela l'intriguait et l'irritait à la fois.

Parce que, bon sang, il mourait d'envie de savoir qui se cachait derrière ce masque !

Diu, est-ce qu'il perdait la tête ?

Et si tout ce qu'il avait cru au sujet de Gigi Parker se révélait faux ?

En d'autres circonstances, il aurait trouvé navrant qu'elle recèle une intelligence aussi vive avec la vie superficielle qu'elle menait. Mais, en réalité, il appréciait cette version de Gigi. Un peu trop, même.

Et, alors qu'avec n'importe quelle femme Alessio aurait pris rapidement ses distances, il ne pensait qu'à une chose : en savoir davantage à son sujet. À commencer par ses désaccords avec sa mystérieuse interlocutrice.

Il s'approcha d'elle et posa les mains sur sa nuque pour masser doucement ses muscles tendus.

— Que faites-vous ? demanda-t-elle en se retournant pour lui lancer un regard surpris.

— Vous êtes stressée, murmura-t-il. J'aimerais comprendre pourquoi.

— Ne le seriez-vous pas si votre mère vous annonçait que vous la décevez entièrement ? lança-t-elle avant de se fermer aussitôt.

Il comprit alors qu'elle regrettait ses paroles.

Alessio faillit la prendre dans ses bras, mais il savait que cela ne ferait qu'accroître son trouble.

— Sur quoi se base-t-elle pour penser cela ?

Gigi entrouvrit les lèvres, puis les referma.

— Je ne crois pas que vous puissiez...

— Personne en dehors de ma famille ne sait ce que je

vous ai raconté au sujet de mon père, avoua-t-il à voix basse. J'ignore même pourquoi je vous ai confié des informations aussi personnelles, *Duci*. Cela me ferait plaisir que vous en partagiez quelques-unes en retour.

Elle écarquilla les yeux et se mordilla la lèvre inférieure.

Alessio soupçonnait qu'elle n'avait même pas conscience de ce tic nerveux. *Un tic qu'elle n'avait pas avant.*

Il fronça les sourcils. Cette sensation étrange s'insinua à nouveau en lui, mais il la refoula. Il voulait en savoir davantage.

Elle leva le visage, et ils se fixèrent un long moment. Interminable. Jusqu'à ce qu'il perde le fil du temps qui passait. Une chaleur se diffusa dans son corps, répandant son désir comme un besoin ardent.

Soudain, le rire de Gigi résonna dans la chambre. Un rire jaune.

— Tout cela n'a aucune importance, dit-elle.

Alessio accentua la pression de ses doigts contre sa nuque et, à sa grande satisfaction, elle se laissa aller contre lui.

— La tension évidente de votre corps semble indiquer une tout autre histoire, murmura-t-il.

Ses paupières délicates s'abaissèrent mais, avant qu'il exige qu'elle le regarde, elle leva le visage vers lui.

— Je pense que vous avez entendu l'essentiel de ce qu'il y a à savoir. D'aussi loin qu'il m'en souvienne, ma mère a été déçue par mes choix de vie. Tout ce que je fais semble la... heurter. Y compris le fait que je sois coincée à l'étranger pendant les fêtes. Elle n'aime pas que je rompe les traditions.

Une fois de plus, Alessio devina qu'elle ne lui disait pas tout.

— Vous passez tous vos Noëls avec elle ?

Elle acquiesça.

— Pourtant, nous ne cessons de nous disputer. J'ai arrêté d'essayer de comprendre pourquoi elle tient autant à ma présence alors qu'il est évident qu'elle ne me supporte pas.

— La famille parfaite n'est qu'un mythe, *Duci*. Si vous

acceptiez sans discuter toutes ses exigences, croyez-vous que vous seriez plus épanouie ?

Les ombres réapparurent sur son beau visage.

— Sans doute pas, murmura-t-elle. Mais j'aimerais croire qu'il existe un monde dans lequel nous pourrions trouver un équilibre entre les deux.

Alessio souleva délicatement le menton de la jeune femme entre ses doigts pour qu'elle le regarde et, alors, il eut un mal fou à se retenir de l'embrasser.

— Vous savez déjà où se trouve cet équilibre. Le problème, c'est qu'*elle* n'est pas d'accord avec cela. Je pense que c'est aussi un soulagement pour vous d'être séparée d'elle cette année.

Elle cligna des yeux rapidement et prit une grande inspiration.

— Je... J'ai l'impression d'être une personne terrible, mais vous avez raison.

— Ne soyez pas trop sévère avec vous-même. En plus, cela la poussera peut-être à mieux se comporter la prochaine fois.

— Et si ce n'est pas le cas ?

— Eh bien, vous aurez vécu l'expérience d'un Noël sans elle.

Elle le regarda comme si elle allait protester, puis il sentit que la tension de ses muscles se relâchait un peu. Une seconde plus tard, elle se raidit à nouveau et éclata d'un rire qui sonnait aussi faux que le précédent.

— Est-ce que vous venez d'essayer de régler mes problèmes avec ma maman ? lança-t-elle d'un ton cynique.

Encore ce changement de personnalité.

Alessio fronça les sourcils. Cette impression de dichotomie était de plus en plus présente. On aurait dit que la jeune femme jouait un rôle à certains moments. Comme le fait d'afficher une sexualité débridée puis, soudain, une innocence de vierge effarouchée. Elle avait un appétit vorace et des courbes pleines alors qu'avant elle surveillait drastiquement tout ce qu'elle mangeait. Et elle avait du mal à finir un verre de vin alors qu'il l'avait vue enchaîner les cocktails à Monaco.

Alessio eut le sentiment de recevoir un coup de poing dans le ventre à mesure que ces souvenirs s'imposaient à lui, faisant tomber les dominos un à un.

— Alessio ?

Elle le fixait d'un air méfiant. Elle était suffisamment intelligente pour avoir senti le changement qui s'opérait en lui. *Pas de précipitation.*

Il devait être sûr avant d'abaisser ses cartes. Et lui accorder le bénéfice du doute en attendant. Parce que s'il avait raison...

La profondeur de la trahison et de la déception qu'il sentit bouillonner en lui à l'idée que cela soit possible fut telle qu'il dut expirer lentement pour réussir à se calmer.

— Je suis curieux de savoir pourquoi vous l'appelez Renata, dit-il pour dévier le fil de ses pensées.

— Elle m'a eue très jeune. Elle aimait que les gens la prennent pour une grande sœur plutôt que pour une maman. Et d'ailleurs, très tôt, elle nous... heu, elle m'a interdit de l'appeler maman.

En cet instant, Alessio comprit une chose.

Que son instinct se soit révélé exact ou non – et ce « nous » penchait plutôt dans son sens –, cela n'enlevait rien au fait que cette jeune femme souffrait terriblement.

Décidant qu'il était temps de reprendre une distance prudente, Alessio enleva à regret les doigts de sa peau satinée.

— J'étais monté vous voir pour une raison, grommela-t-il.

— Laquelle ?

— J'ai parlé à mon client. Il aime beaucoup votre suggestion.

Gigi s'illumina tandis qu'un sourire chassait les ombres de son visage.

— C'est vrai ? s'exclama-t-elle. C'est formidable ! Est-ce que ça veut dire que je suis embauchée ?

Le ventre d'Alessio se noua en un curieux mélange de fierté et de colère contenue.

Un *oui* mettrait un terme à leur accord et la libérerait de ce petit jeu auquel elle s'adonnait. Il n'était pas encore prêt à cela.

Il leva les yeux vers la fenêtre derrière laquelle la neige continuait à tomber sans relâche. Pour la première fois depuis son arrivée au chalet, Alessio fut heureux de ces conditions météo déplorables.

— Ne nous précipitons pas, dit-il. Il y a encore des étapes à franchir avant d'en arriver là.

— Lesquelles ?

Il posa à nouveau le regard sur elle tandis que mille pensées plus scandaleuses les unes que les autres affluaient dans son esprit.

— Allons en bas célébrer cette victoire et discuter de la suite.

À présent qu'il avait admis la possibilité que cette femme ne soit pas Gigi Parker, Alessio remarquait une foule de détails auxquels il n'avait pas prêté attention auparavant.

Par exemple, elle avait une propension au calme que sa sœur – car il supposait qu'il ne pouvait s'agir que de jumelles – ne possédait pas. Idem pour sa façon d'entrer dans le salon et de s'émerveiller comme une enfant devant le sapin de Noël alors que Gigi l'aurait complètement ignoré.

Il contempla sa peau lisse, ses pommettes parfaites et la courbe pleine de ses lèvres.

Ce n'était pas le moment d'être fasciné par sa beauté.

Il fit quelques pas vers elle.

— Je vous offre un verre. Un cocktail peut-être ?

Elle secoua la tête, puis croisa son regard et parut hésiter. Un autre domino tomba. Alessio se souvint de ce qui avait effleuré son esprit le premier soir. Il s'était dit qu'elle jouait un rôle pour décrocher ce job. Mais il s'était trompé. Elle jouait un rôle parce qu'elle n'était pas celle qu'elle prétendait être.

Santa cielo... Quel idiot il avait été !

— Heu... un verre de vin, merci. Mais j'ai besoin de passer un autre coup de fil.

L'occasion était parfaite.

— Vous avez laissé votre portable à l'étage. Tenez, prenez le mien, ajouta-t-il en sortant son téléphone de sa poche.

Cependant, en jetant un œil à l'écran, il constata que le réseau avait à nouveau disparu et il ne put réprimer un juron. La jeune femme écarquilla les yeux, mais il fut certain d'y voir passer un éclair de soulagement.

— Ne me dites pas que...

— Si. Nous sommes à nouveau coupés. *Non importa*. Nous ferons bon usage de notre temps.

Alessio se dirigea vers le bar et se servit un cognac. Puis il lui prépara un verre de merlot glacé et revint vers elle, une boisson dans chaque main.

Leurs doigts se frôlèrent quand elle prit son verre, et il ressentit comme des picotements électriques. À sa façon de détourner le regard en s'efforçant de calmer sa respiration saccadée, il devina qu'elle aussi avait été troublée par ce contact fugace. Mais, malgré la tension qui planait entre eux, elle ne se lança pas dans une conversation anodine pour dissiper sa gêne. Cette femme connaissait aussi l'art du silence.

Alessio détestait à quel point il aimait ça.

Elle le regarda un instant avant de boire une petite gorgée de vin et se tourna vers le sapin pour le contempler à nouveau.

— À quoi pensez-vous ?

Il fut stupéfait lui-même de sa question. Jamais auparavant il n'avait demandé à connaître les pensées intimes d'une femme. Mais à présent cela lui importait. C'était sûrement parce qu'elle lui avait jeté de la poudre aux yeux. *Pas* à cause des ombres qu'il voyait passer sur son visage.

— C'est Noël dans deux jours, murmura-t-elle. Je n'arrive pas à croire que je ne serai pas avec ma mère et...

Elle s'interrompit, cligna des yeux à plusieurs reprises et se passa la main dans les cheveux.

— Votre mère *et* ? insista-t-il.

— Et celui ou celle qu'elle aura décidé d'inviter cette année, déclara-t-elle. Ma mère mène une sorte de compétition. Ses amis se disputent le privilège de passer les fêtes avec elle dans la destination exotique de son choix.

Alessio était désormais certain que, même si elle ne mentait pas, elle ne lui disait pas tout. Le rapport qui la concernait devait à présent se trouver sur sa boîte de réception. Mais il ne pouvait y accéder tant que le réseau Internet n'était pas rétabli.

Elle posa le verre qu'elle avait à peine touché sur la table et s'avança vers lui, un sourire aux lèvres.

— La conversation n'est pas obligée d'être aussi sérieuse, déclara-t-elle d'un ton léger. Et si vous me soumettiez un autre problème à fixer ?

Elle se tourna pour rabattre timidement un pan de sa robe qui s'était écartée, dévoilant un éclair de jambe fine et galbée.

Alessio reposa son verre vide.

— Allons dans mon bureau, j'aimerais vous montrer un rapport important dès que nous aurons accès au réseau.

Elle cligna des yeux avant d'acquiescer. Il l'invita d'un geste à la devancer, et elle le précéda dans le couloir, un sourire figé au coin des lèvres. Mais, en entrant dans le bureau, la jeune femme sembla agitée. Elle balaya la pièce du regard en triturant nerveusement la ceinture de son peignoir en soie.

— Si cela ne vous dérange pas, je préférerais que nous reprenions cela plus tard, dit-elle d'une voix faible.

— Vous semblez nerveuse. Pour quelle raison ? demanda-t-il.

Elle haussa les épaules.

— La journée a été longue et riche en... révélations. J'ai besoin d'un peu de calme pour gérer le trop-plein d'émotions.

Encore une fois, Alessio devina qu'elle était en grande partie sincère. L'épisode du sauna l'avait sans doute marquée plus qu'il ne l'avait cru.

— C'est tout ? s'enquit-il sans la quitter des yeux.

Elle abaissa ses longs cils.

— Je ne vois pas ce qu'il pourrait y avoir d'autre.

Il s'approcha et constata qu'elle retenait son souffle.

— Vous ne chercheriez pas à me fuir, n'est-ce pas ?

— Pas du tout, répliqua-t-elle dans un murmure.

Sans pouvoir se retenir davantage, il tendit la main vers elle et l'attira contre lui avant de plaquer sa bouche contre la sienne, maudissant les sensations qui s'emparaient de lui. Ces émotions qu'il refoulait depuis si longtemps. Sans elles, il n'aurait pas ce sentiment de trahison intense. Il se délecta du gémissement rauque qui échappa des lèvres de la jeune femme et, pris d'un désir fou, il la poussa contre la porte et plaqua son corps contre le sien.

Santa cielo ! Elle était si douce. C'était tellement addictif...

Il passa un bras autour de sa taille fine et la souleva doucement en la serrant davantage contre lui.

— Alessio...

Il aurait mis fin aussitôt à leur étreinte si elle avait fait la moindre tentative de le repousser. Mais, alors même qu'elle prononçait son nom en tremblant, il vit briller dans ses yeux un désir aussi ardent que le sien. Elle écarta les jambes et les enroula autour de sa taille en gémissant de plaisir. Et il eut le sentiment de perdre tout contrôle

— *Se... se...*

Ils s'enlacèrent dans des mouvements frénétiques, avides de se toucher le plus possible. Alessio glissa les mains sous son peignoir pour atteindre ses seins tout en l'embrassant plus profondément, et elle se cambra en gémissant.

Il mourait d'envie de la goûter et de plonger enfin en elle.

— *Diu mio*, Gi...

Il s'interrompit avant de prononcer le nom qu'il savait ne pas être le sien, et alors elle se raidit et tenta de s'écarter de lui à nouveau.

— Stop, murmura-t-elle.

Alessio se figea. L'attitude glaciale de la jeune femme avait suffi à calmer suffisamment son ardeur pour qu'il puisse se contrôler. Et se souvenir.

— Pourquoi, *Duci* ? fit-il en reculant pour mieux observer l'air de culpabilité qui s'était inscrit sur ses traits. Parce que vous n'êtes pas Gigi Parker ? Parce que, depuis le début, vous n'avez fait que me mentir ?

Elle pâlit.

— Comment l'avez-vous su ? s'exclama-t-elle d'une voix rauque et tremblante qui l'excita follement.

De toute façon, tout le rendait fou chez cette femme.

Mais au moins à présent, il savait pourquoi.

Parce qu'elle n'est pas Gigi Parker.

Maintenant qu'il en avait la preuve, d'autres détails lui apparurent qui soulignaient la différence avec celle pour laquelle il l'avait prise. Ses accès de timidité, sa manière de rougir aux moments les plus étranges.

Il inspira une profonde bouffée de son parfum enivrant.

— Je le soupçonnais. Vous venez de me le confirmer.

Elle écarquilla les yeux sans un mot.

— La femme que j'ai rencontrée il y a quelques mois ne se nourrissait que de cocktails. Vous touchez à peine à votre verre de vin. Mais ce n'est qu'un détail parmi d'autres. Vous faites aussi semblant d'aimer la fête et les paillettes alors qu'au fond je pense que vous détestez cela.

Elle resta silencieuse et se contenta de resserrer les pans de son peignoir.

— Pourquoi n'avez-vous rien dit ? demanda-t-elle.

En voyant ses lèvres rougies par ses baisers fougueux, il eut une envie folle de l'embrasser à nouveau. Il haussa les épaules en tentant de réprimer une étrange oppression au niveau de la poitrine.

— J'attendais de voir si vous iriez jusqu'au bout.

Elle rougit, et une flamme de désir brutal le gagna. Même

avec les preuves évidentes de sa duplicité, il la trouvait bien trop séduisante.

Un éclair douloureux traversa le visage de la jeune femme avant qu'elle réponde :

— Je ferais n'importe quoi pour assurer la sécurité de ma famille.

Il crut déceler une note accusatrice dans sa voix.

— Seriez-vous en train de me juger, *Duci* ?

Elle fronça les sourcils, et il s'approcha d'elle en étouffant un grognement pour l'attraper par les épaules et la forcer à le regarder.

— N'importe quelle personne dans votre situation exprimerait des remords. Ne m'obligez pas à vous arracher des réponses par la force.

— À quoi bon ? J'ai le sentiment que je ne ferais que perdre mon temps si j'essayais de vous expliquer.

Il la serra plus fort.

— Essayez quand même. Nous verrons bien.

Elle le fixa un moment avant que son regard embrumé descende jusqu'à sa bouche, et il étouffa un autre grognement de désir. Mais, quand elle leva à nouveau les yeux vers lui, son trouble semblait avoir disparu.

Contrairement à sa sœur, elle savait très bien camoufler ses émotions. Un peu comme lui.

Cette impression de familiarité qu'il ressentait en sa présence, comme s'ils étaient faits de la même étoffe, le dérangeait tout en l'excitant.

Il avait un besoin impérieux de connaître ses pensées et les sentiments qu'elle éprouvait. Que lui arrivait-il ? C'était sûrement ce séjour forcé qui jouait des tours à sa santé mentale. Jamais il n'avait agi ainsi avec une femme.

Il serra les dents. Il perdait de vue ses priorités.

Maintenant qu'elle avait admis ses mensonges, plusieurs questions devaient être résolues.

— Nous réglerons ce qu'il y a entre nous en temps voulu, déclara-t-il. Mais d'abord, j'ai besoin de connaître votre vrai nom.

Dans les yeux de la jeune femme, il vit briller une flamme de défi mais aussi, il en était certain, de soulagement.

— Je suis le Dr Giada Parker, dit-elle d'une voix ferme.

Il ne put refouler une bouffée d'admiration. Bien sûr, elle possédait un doctorat. Il fallait quelqu'un de cette envergure pour pouvoir le tromper aussi longtemps.

— Quand vous dites que votre mère ne vous apprécie pas, ce n'est donc pas dû à votre carrière. Alors à quoi ?

Une ombre traversa à nouveau son visage, et Alessio sut que sa question la touchait en plein cœur.

— Elle s'est moquée de moi quand j'ai annoncé vouloir faire des études supérieures. Puis quand j'ai passé mon doctorat.

Il leva un sourcil interrogateur.

— J'ai un doctorat en biologie marine, précisa-t-elle. Un domaine que ma mère trouve inintéressant.

La surprise se mêla au tumulte d'émotions qui s'étaient emparées de lui.

— Je dois admettre que vous me stupéfiez, docteur Parker.

Malgré la tension qui planait entre eux, un timide sourire se dessina sur le visage de la jeune femme. Et, lorsqu'elle rougit, un désir violent s'empara à nouveau de lui.

— C'est un soulagement d'être enfin appelée par mon nom, avoua-t-elle à voix basse.

Alessio inspira lentement son parfum. Il parcourut son visage des yeux, s'attardant longuement sur ses lèvres.

— Giada, souffla-t-il.

Diu, cela faisait du bien. Et, alors qu'il répétait ce mot mentalement, il fut encore plus irrité de s'apercevoir qu'il le préférait largement à Gigi.

Giada.

— Je devrais vous punir pour m'avoir laissé vous appeler

par le prénom d'une autre femme pendant si longtemps. C'est votre sœur jumelle, je suppose ?

Elle acquiesça avant de détourner le regard. Mais très vite elle releva la tête, et dans ses yeux gris il vit briller une flamme de défi.

— Vous semblez aimer punir les gens. D'abord ma sœur et maintenant...

— Ne vous avisez pas de retourner la situation contre moi, coupa Alessio d'un ton sévère. Je ne punis que ceux qui me contrarient. Dans votre cas, si je le pouvais, ce serait de la manière la plus délicieuse possible. Le simple fait d'y penser vous fait rougir. Inutile de prendre un air indigné, votre corps ne ment pas, lui.

Elle ouvrit la bouche pour protester, mais il l'interrompit d'un geste impatient.

— À présent, dites-moi où se trouve votre sœur. Et je vous conseille d'être parfaitement sincère. Pour votre bien à toutes les deux.

Giada fut envahie par un flot d'émotions tandis que le regard perçant d'Alessio ne la quittait pas.

Avant tout, elle était soulagée de ne plus vivre dans le mensonge. Mais elle avait honte d'avoir laissé tomber sa sœur en avouant tout. Quoi qu'il arrive, elle avait le sentiment de respirer normalement pour la première fois depuis près d'une semaine. Dès qu'elle serait au calme, elle réfléchirait à la suite.

Mais, en cet instant précis, elle en était incapable, car tout son corps était en proie à un désir qui la torturait. Et elle éprouvait le besoin de finir ce qu'ils avaient commencé.

Elle lutta pour se rappeler la question qu'Alessio lui avait posée.

— J'ignore où est Gigi, déclara-t-elle.

Alessio plissa les yeux et, à la place de l'homme passionné

qui se tenait devant elle quelques minutes auparavant, elle vit le redoutable négociateur qu'il était, déterminé à la faire plier à sa volonté.

Et, mon Dieu, elle mourait d'envie de s'y plier !

Au moins, maintenant, elle pouvait s'abandonner à lui sans qu'il lui murmure le nom de sa sœur à l'oreille.

Giada secoua la tête. Avait-elle perdu l'esprit ?

Elle frémit quand il glissa une main dans son dos pour la remonter jusqu'à sa nuque et l'enfoncer dans ses cheveux. Dans le regard brûlant qu'il lui lança, elle lut un désir qui lui donna le vertige.

— Êtes-vous prête à fleurir pour moi, *Duci* ? murmura-t-il en fixant ses lèvres entrouvertes.

— Certainement pas, répondit-elle avec difficulté, alors même que ses tétons pointaient de désir à travers la soie et qu'une vague de chaleur montait entre ses cuisses impatientes.

— Dans ce cas, je vous suggère de trouver une réponse plus satisfaisante.

Ou quoi ? Elle mourait d'envie de le provoquer, de voir jusqu'où il parviendrait à garder le contrôle car, à la manière dont il respirait et à ce qu'elle lisait dans ses yeux, Giada devinait qu'il était aussi tourmenté qu'elle par ce désir fou qui les liait.

— Je vous dis la vérité, assura-t-elle. Je n'ai reçu d'elle qu'un seul SMS depuis notre arrivée.

— Que disait-il ?

Elle se remémora le message qu'elle avait retenu par cœur.

Toujours rien.

Pas sûre de pouvoir être là à Noël.

Il faut que tu tiennes plus longtemps.

G

Tous ses appels frénétiques à Gigi avaient atterri sur sa boîte vocale, c'est pourquoi Giada s'était résolue à appeler Renata. Mais elle n'avait pas eu le temps de lui demander si elle savait où se trouvait sa sœur.

Une onde de désespoir la traversa, mais alors Alessio leva son autre main et lui caressa doucement le visage pour l'encourager à répondre.

— Elle m'a demandé de gagner encore un peu de temps, murmura-t-elle, résolue à ne plus jamais lui mentir, maintenant qu'elle était libre.

Libre de quoi ? De se laisser aller à la tentation ?

Il lui lança un regard dans lequel elle lut une déception profonde.

— Alors, le premier soir, quand vous m'avez donné votre parole que mon blason était en sécurité, vous me mentiez aussi ?

Derrière le ton accusateur, elle perçut une tristesse et une résignation qui lui fendirent le cœur.

Elle inspira lentement et, sans même y penser, posa les mains sur les épaules d'Alessio et plongea les yeux dans les siens.

— Je le pensais sincèrement, murmura-t-elle. Je veillerai à ce qu'il vous soit restitué.

Pendant une éternité, il ne répondit pas, se contentant de la fixer avec un regard dans lequel elle lut diverses émotions. De la rage, du désir, un jugement implacable et une promesse de représailles. Puis, Alessio glissa les yeux vers son corps, et une flamme de désir la fit presque vaciller.

Très lentement, il pencha la tête vers elle jusqu'à ce que leurs nez se frôlent et que leurs souffles courts se mélangent.

— Écoutez bien la promesse que je vous fais, Giada. Je ne vous quitterai pas des yeux tant que je n'aurai pas récupéré ce qui me revient. Et, même après, je me réserve le droit de vous garder captive, tant que je ne me serai pas assuré que vous ne représentez aucun danger pour moi ou mes objectifs.

Une douleur absurde la transperça comme une lame.

— Écartez-vous de moi, murmura-t-elle malgré le désir inouï qui la torturait.

— Êtes-vous sûre que c'est ce que vous voulez ? demanda-t-il en esquissant un sourire moqueur, car les hanches de Giada bougeaient d'elles-mêmes pour venir à sa rencontre.

Elle prit une longue inspiration.

— Oui, déclara-t-elle. Cela vous semblera peut-être ridicule, mais je ne peux me résoudre à coucher avec un homme qui a l'intention de me garder captive.

— Même si vous êtes entrée dans cette cage de votre plein gré ? dit-il à voix basse.

— Je suppose que c'est ce qui nous différencie. Je suis prête à tout pour ma famille.

La chaleur qui brillait dans les yeux d'Alessio s'atténua, mais il ne bougea pas d'un millimètre.

— Vous vous considérez comme meilleure que moi ?

— Ce n'est pas moi qui lance des menaces et des ultimatums. Ma sœur a commis une erreur en agissant de manière impulsive, et j'en suis désolée. Ne pourriez-vous pas…

Elle n'acheva pas sa phrase, car Alessio s'écarta brusquement d'elle. Elle le vit se passer nerveusement la main dans les cheveux comme s'il cherchait à retrouver son contrôle.

Captivée par sa beauté animale, elle le fixa en s'efforçant de calmer les battements effrénés de son cœur. Mais elle cessa de respirer lorsqu'il pivota vers elle pour la regarder avec une expression qu'elle ne lui avait jamais connue.

— Voulez-vous que je vous explique ce que signifie pour moi et ma famille cet objet que votre sœur m'a dérobé ?

Sentant que ses jambes vacillaient, Giada fit quelques pas vers le canapé avant de s'y asseoir en repliant les jambes sous elle tandis qu'Alessio marchait de long en large dans la pièce.

— Je vous en prie, murmura-t-elle, consciente qu'ils abordaient un sujet éminemment important à ses yeux.

Il la fixa un instant avant de se lancer.

— Je vous ai dit que mon père avait payé le prix ultime. Ce que je n'ai pas précisé, c'est qu'il a été tué précisément à cause de ce blason.

8

Giada le regarda, stupéfaite. Une vague de tristesse s'empara d'elle, mêlée à une colère sourde à l'égard de Gigi pour ce qu'elle avait fait subir à Alessio.

— Je… Oh ! mon Dieu, je suis vraiment désolée !

Elle vit le chagrin s'afficher sur le visage d'Alessio, malgré ses traits tendus. Et pourtant, alors qu'il continuait à arpenter la pièce, pas un instant il ne se départit de son allure fière. Elle mit un moment à comprendre qu'il était perdu dans ses pensées, probablement plongé dans les souvenirs douloureux qu'il venait de révéler.

— Que s'est-il passé, exactement ? demanda-t-elle doucement.

Il resta silencieux longtemps, si bien qu'elle crut qu'il ne lui répondrait pas, puis il se tourna vers elle en secouant la tête.

— Je me suis souvent demandé s'il s'agissait d'espoir, d'orgueil aveugle ou tout simplement de naïveté, dit-il en esquissant une grimace amère. C'était sans doute une combinaison des trois.

Giada resserra les pans de son peignoir, attendant qu'il poursuive.

— Les Montaldi ont occupé une position hégémonique tout au long de leur histoire, reprit-il. Indépendamment de leurs désirs personnels ou de ce que le monde attendait d'eux.

— Quelle position ? demanda-t-elle, sa curiosité aiguisée.

— Je proviens d'une longue lignée de fixeurs, *Duci mia*.

L'une de mes aïeules était si puissante qu'elle était, dit-on, indispensable à un pape. Elle a donné naissance à l'héritage que j'ai juré de défendre.

— Et avec ce genre de pouvoir viennent les ennemis, murmura Giada.

Le sourire d'Alessio s'estompa mais, malgré ses yeux hantés et le sujet douloureux qu'il évoquait, son visage gardait sa beauté âpre.

— *Se*. Au fil des ans, les Montaldi ont été confrontés à divers défis parmi lesquels celui de fonder une famille prospère et de sauvegarder leur héritage.

— Ce n'est pas votre cas, pour l'instant, dit-elle. Les tabloïds montrent que vous vivez sans attaches en enchaînant les liaisons, ajouta-t-elle en refoulant un sentiment amer à cette idée.

C'était absurde. *Sa vie privée ne me regarde pas.*

Ignorant le vide qui s'était emparé d'elle, elle le fixa tandis qu'il s'approchait d'elle.

— Mon statut marital ne change rien au fait que je suis un Montaldi, répondit-il. J'ai le devoir de réparer les torts causés à un père qui a été trop optimiste en pensant qu'il pourrait changer les traditions. Quoi qu'il en soit, il ne méritait pas de sacrifier sa vie pour accéder à ces changements.

Elle contempla cet homme qui ne voulait pas se laisser détourner de son destin, consciente qu'elle n'avait pas besoin de le questionner davantage pour apprendre à quel point Gigi lui avait fait du tort.

— Mon père était déterminé à orienter ses efforts en direction de ceux qui en avaient vraiment besoin, plutôt que de les réserver aux seuls riches et privilégiés. Il a suivi des études de droit et est devenu avocat. C'était un fixeur exceptionnel. J'ai tout appris de lui.

— Mais tout le monde n'était pas d'accord avec la direction nouvelle qu'il voulait prendre, c'est cela ? suggéra Giada.

Alessio expira profondément et plissa les lèvres.

— En effet. Les politiciens véreux et les barons de la drogue voulaient faire appel à ses services. Mais il a refusé de se laisser influencer. Il a ignoré tous les avertissements qui lui étaient lancés, car il avait le sentiment de soutenir une cause juste. Et quand il me l'a dit... j'ai eu peur pour lui.

— Mais vous étiez fier de lui, dit-elle d'une voix émue.

Il parut surpris de sa remarque, puis hocha la tête.

— *Se*. Le pouvoir ne vient pas toujours de la peur. Il m'a appris cela aussi quand j'étais petit.

Soudain, Giada fit une découverte à la fois étonnante et désarmante. Alessio ne vendait pas ses services au plus offrant. Chacun de ses clients était confronté à un problème éminemment personnel. Quelque chose que l'argent ne pourrait jamais remplacer. Sous son allure impitoyable et maussade, cet homme possédait un noyau d'intégrité inflexible. Et cela ne fit qu'accentuer l'attirance vertigineuse qu'elle éprouvait pour lui.

— Vous l'admiriez, ajouta-t-elle doucement.

Une fois de plus, il parut légèrement déconcerté et, même s'il n'acquiesça pas, l'éclair de douleur dans ses yeux en disait long.

— C'était un père formidable. Il prenait soin de sa famille. Son intégrité et son honneur n'ont jamais faibli, quelle que soit la pression qu'il subissait.

— Qu'est-ce que le blason a à voir là-dedans ? demanda Giada.

— Dans la tradition Montaldi, celui qui le possède a le droit de défier la famille régnante pour le leadership. Mon père pensait qu'il n'y avait aucune raison de s'inquiéter, car notre famille le conservait depuis quatre générations. Nous étions de loin la famille la plus influente de Sicile. Personne n'avait osé défier un Montaldi depuis plus de quatre-vingt-dix ans.

Il s'interrompit, et ses yeux lancèrent des éclairs sombres.

— Mais jamais il n'aurait imaginé que la trahison puisse venir de sa propre famille.

Giada eut un murmure stupéfait qui résonna dans le silence glacial de la pièce.

— Qui ? souffla-t-elle, tandis que dans le regard d'Alessio elle voyait un homme déterminé qui ne reculerait devant rien pour venger son père.

Un homme qui frapperait quiconque se mettrait en travers de son chemin. Et qui irait jusqu'au bout du monde pour récupérer l'objet dont il avait besoin pour atteindre son objectif.

Un frisson la parcourut à mesure qu'elle prenait la mesure de cette évidence. Elle ne put réprimer un soupir en comprenant la gravité de ce que Gigi avait fait. Si elle l'avait pu en cet instant, elle se serait jetée aux pieds d'Alessio pour implorer le peu de miséricorde qui restait dans son cœur. Mais elle se rappela qu'ils étaient coincés dans ce chalet, sans doute pour plusieurs jours encore, et lui avouer que sa sœur ignorait totalement où était son blason reviendrait à s'enfermer dans une cage avec un lion affamé.

— Mon père avait trois jeunes frères, reprit-il. Ils n'étaient pas d'accord avec ses idées humanistes et préféraient offrir leurs services au plus offrant. Voyant qu'il ne céderait pas à leurs pressions, ils ont décidé de l'abattre à bout portant devant sa femme et ses fils, un dimanche, après avoir prié à ses côtés à la messe. Ma mère est passée du statut de matriarche respectée à celui de paria. Nous avons été forcés de quitter la Sicile, passant d'une maison à une autre tandis qu'elle s'efforçait de gagner de quoi nous nourrir. Elle est morte épuisée, le cœur brisé, mais dans son dernier souffle elle m'a fait jurer de tout arranger. Vous comprenez à quel point il est donc important pour moi de récupérer cet objet.

Soudain, Giada fut gagnée par un besoin impérieux d'apaiser la peine d'Alessio. Un besoin si puissant qu'elle ne supportait même plus la distance qui les séparait. Sans réfléchir plus longtemps, elle se leva du canapé et s'approcha de lui.

— Oui, Alessio, je comprends, murmura-t-elle en cherchant à capter son regard, alors qu'il semblait perdu dans le marasme de ses souvenirs torturés.

Prise d'un désir de les effacer, elle leva les mains et les posa sur celles d'Alessio. Puis, le souffle court, elle les fit glisser le long de ses poignets et de ses bras avant de les placer sur son torse musclé. Il plongea ses yeux brûlants dans les siens, mais ne bougea pas tandis qu'elle continuait à l'explorer lentement.

— Attention, Giada, dit-il d'une voix rauque.

Entendre son nom dans la bouche d'Alessio fit naître une flamme de désir dans son ventre. Elle était si heureuse de pouvoir être enfin elle-même avec lui. Prise d'une audace nouvelle, elle remonta lentement les mains jusqu'à ses tétons durs, et les yeux d'Alessio semblèrent se voiler.

— Giada..., répéta-t-il. Cela vous plaît que je prononce votre nom, n'est-ce pas ?

— Même si Gigi est ma sœur jumelle, je n'aime pas que l'on m'appelle par le nom d'une autre femme, avoua-t-elle.

— En réalité, je vous ai à peine appelée Gigi. Dans le fond, je devais m'en douter, grommela-t-il. J'ignore pourquoi je vous ai kidnappée dans ce club plutôt que de vous remettre aux autorités. En vous voyant rougir et tenter de camoufler votre corps, j'ai voulu en savoir plus sur vous. Alors j'ai renoncé à appeler la police.

Elle leva les yeux vers lui.

— Quelle qu'en soit la raison, je suis contente que vous ne l'ayez pas fait, murmura-t-elle en souriant.

Soudain, Alessio se figea.

— Avant d'aller plus loin, j'ai besoin de savoir. Y a-t-il quelqu'un dans votre vie ?

Son cœur fit un bond dans sa poitrine, et elle ne put réprimer un frisson délicieux.

— Vous me demandez si je suis en couple, Alessio ?

— *Se*. Parce que je n'ai aucun scrupule à affirmer sans équivoque que je n'aime pas partager. Je suis même extrêmement possessif avec ce que je tiens à garder.

Le cœur de Giada s'emballa. Alessio serait prêt à se battre

pour la *garder* ? Non, c'était impossible. Leur temps ensemble était compté, elle le savait.

Mais en attendant elle voulait... non, elle avait besoin de vivre ce moment. Et elle allait le saisir.

— Ne pensez pas à l'attachement, souffla-t-elle. Contentez-vous déjà de posséder...

Il l'attira d'un geste souple pour la plaquer contre la chaleur de son corps.

— J'aime que tu te laisses aller, murmura-t-il. Je préfère ça de loin au rôle que tu essayais de jouer.

Elle gémit et glissa les mains dans le cou d'Alessio pour se serrer davantage contre lui.

— J'en veux plus, reprit-il à voix basse. Et tu peux commencer par me dire que tu me désires.

— Tu as un esprit brillant, Alessio. Tu n'as pas besoin de confirmation.

— Peut-être, mais un homme aime entendre ces mots de la part de la femme qui le rend fou.

Le halètement de Giada résonna entre leurs lèvres et, au regard qu'il lui lança, elle comprit qu'il appréciait l'effet qu'il avait sur elle. Il la souleva alors dans ses bras et l'emmena directement dans sa chambre. Ce n'est qu'une fois devant son lit qu'il haussa un sourcil interrogateur, attendant la réponse qu'elle ne lui avait pas encore donnée.

— J'ai envie de toi, Alessio. Très envie. Peut-être *trop*.

Il la posa doucement à terre avant de se défaire de son T-shirt et de son bas de jogging. Puis il se pencha si près que leurs bouches s'effleurèrent.

— Il n'y a jamais rien d'excessif à ce sujet, souffla-t-il en prenant ses seins en coupe.

Giada gémit, et alors il plaqua ses lèvres sur les siennes dans un baiser profond qui la fit chavirer. Il pinça ses mamelons durcis en entremêlant sa langue avec la sienne, et elle gémit de nouveau contre sa bouche. Puis il la poussa légèrement pour qu'elle s'allonge sur le lit, accompagnant son mouvement de sorte que leurs corps ne se séparèrent pas. À cet instant, Giada ne pensa plus qu'à vivre pleinement cet interlude magique que la vie leur offrait. Car si ce voyage lui procurait un plaisir infini, bien plus grand que celui de ses deux médiocres expériences, eh bien… pourquoi ne pas en profiter ?

Cette pensée s'insinua en elle, et elle lui adressa un sourire lumineux en s'arquant pour venir à son contact.

Alessio leva la tête et la regarda, les yeux brillants de désir.

— Tu me fais penser à une sirène, murmura-t-il. Je suis presque intimidé à la perspective d'être esclave de tes ruses.

— Presque ? répliqua-t-elle d'un ton taquin. Tu penses donc être immunisé contre mes charmes ?

— Oui. Car ce moment, aussi divin et merveilleux qu'il soit, n'est qu'éphémère.

Elle refoula un pincement de tristesse. Alessio était obnubilé par l'histoire de sa famille et la vengeance qu'il avait à accomplir. Elle ne devait pas le prendre personnellement.

D'ailleurs, comme pour le lui prouver, il glissa un bras puissant dans son dos et l'attira à lui pour que leurs corps soient intimement plaqués l'un contre l'autre. En sentant le sexe en érection d'Alessio pressé contre le sien, Giada gémit plus fort.

Au fond, ne lui avait-il pas rendu service en précisant que cet instant ne serait que du plaisir ? Et qu'en aucun cas elle ne pourrait l'aider à porter le fardeau qui était le sien ?

— Je te perds, grommela-t-il, comme s'il avait deviné le fil de ses pensées.

Ça te dérange ? faillit-elle répliquer.

Mais au fond, qu'importe. Ils se désiraient. C'est tout ce qui comptait. Et c'était aussi simple que cela. Alors, elle passa la langue sur sa lèvre et lui lança un regard sans équivoque. Aussitôt, Alessio la débarrassa de son peignoir, et elle s'abandonna corps et âme à sa maîtrise.

Alessio ne pouvait empêcher les griffes de l'émotion s'enfoncer profondément en lui. Et la petite voix moqueuse qui murmurait dans sa tête qu'il avait lui-même ouvert cette porte n'arrangeait rien. Une porte qui avait été scellée si longtemps qu'il l'avait crue rouillée à jamais.

Diu mio, il lui avait parlé de son père.

Et de ses oncles qui, en ce moment, devaient comploter ensemble pour faire face à la vengeance de leur puissant neveu. Mais surtout, il lui avait parlé de sa mère. Comme si, une fois qu'il avait commencé à se confier, il ne pouvait plus s'arrêter.

Cette femme lui embrouillait l'esprit. Même si à présent elle s'abandonnait à son désir, il avait deviné qu'elle était bouleversée par ce qu'il lui avait raconté et qu'elle avait d'abord voulu lui apporter son soutien et son réconfort. Cela l'avait touché, et il s'était exposé à elle. Mais maintenant il avait repris le contrôle, n'est-ce pas ?

Giada bougea sous lui, et il reporta son attention sur elle. Oui, tout se passerait bien. Il n'y aurait pas de débordement émotionnel lorsque cette chimie imparable suivrait son cours.

Je suis en sécurité.

Alessio se répéta ces mots tandis que Giada enfonçait les ongles dans son dos et qu'il posait sa bouche sur la peau satinée de son cou, lui arrachant des soupirs plaintifs qui allumaient son désir comme une flamme.

Il était en sécurité.

Alors, il la goûta, léchant les pointes roses de ses seins tendus de plaisir. Elle gémit, et il accentua ses caresses, parcourant son ventre de ses mains jusqu'à atteindre la chaleur délicieuse de son sexe. Il glissa un doigt, puis deux au cœur de son intimité, et elle cria de plaisir en s'arc-boutant contre lui.

— Mon Dieu, c'est si bon ! murmura-t-elle.

Il leva la tête, avide de contempler son visage tendu par le plaisir et ses yeux noyés de passion.

— *Se*. Et ça va être encore meilleur, ajouta-t-il d'une voix basse et profonde.

Il avait besoin de lui faire oublier ce qui s'était passé auparavant. Et de ne s'attarder que sur le bonheur sublime qu'ils partageaient.

— Oh oui, s'il te plaît ! supplia-t-elle alors qu'il la fixait, émerveillé par la manière dont elle réagissait à son contact.

Un autre besoin impérieux l'envahit. Celui de lui offrir tout ce qu'elle désirait, afin qu'elle soit marquée à jamais par son empreinte.

Il reprit donc ses caresses avec une vigueur renouvelée et fut récompensé par des cris d'extase plus profonds tandis que Giada atteignait un premier palier de plaisir. Pris d'une faim incontrôlée de la posséder plus profondément, il saisit un préservatif dont il déchira l'emballage avec les dents. Et, si ses mains tremblèrent un peu quand il fit glisser le latex contre son membre dressé, c'est que son désir était trop ardent, voilà tout. Cela ne pouvait pas avoir une autre cause. Il ne le permettrait pas.

Elle se redressa sur les coudes quand il se glissa entre ses cuisses, et il vit qu'elle posait le regard sur son sexe en érection.

— Tu aimes me voir te posséder, murmura-t-il en se penchant à son oreille, ce qui la fit rougir violemment.

Il l'embrassa avec la langue avant de la pénétrer en une poussée lente et profonde, et le cri rauque qui s'échappa de la gorge de la jeune femme faillit lui faire perdre tout contrôle. Elle bougea les hanches pour l'encourager, et il grogna de plaisir. Il attrapa les bras de Giada et les tint plaqués sur le lit par-dessus sa tête avant de reculer pour s'enfoncer à nouveau en elle, plus loin et plus fort.

Soudain, une étincelle de peur jaillit au centre de son cœur. Car il n'avait vécu cela avec aucune femme avant elle.

Et il craignait que l'envoûtement ne fasse que se renforcer avec le temps. Il n'aurait d'autre choix que de couper les ponts.

Car il ne pouvait dévier de son chemin. Surtout quand il était si près d'atteindre son but et de réparer enfin les torts de son passé. Alors, il la prit comme un possédé et ne pensa plus à rien d'autre.

Giada aima chaque seconde de leur étreinte. Elle se délecta du souffle rauque d'Alessio, des mots qu'il lui murmurait en italien au creux de l'oreille, de la façon dont il la fit jouir merveilleusement, puis du rugissement profond qui lui échappa lors de sa propre libération.

Elle était terrifiée de mesurer à quel point ce contact intime la bouleversait et, pourtant, elle aurait donné sa vie pour le vivre à nouveau.

Cette pensée résonna longtemps en elle, après que leurs respirations et les battements effrénés de leurs cœurs eurent retrouvé un rythme normal. Longtemps après que cet homme qui l'avait prise avec autant de maîtrise eut sombré dans un sommeil profond, son bras puissant enroulé autour d'elle pour la maintenir contre lui.

Et, même si elle avait sans doute commis une erreur en succombant à son ensorcelante masculinité, elle sentit un tsunami d'émotions menacer de la submerger, si puissant qu'elle dut se mordre la lèvre pour s'empêcher de gémir.

Était-ce le genre de sensations grisantes après lesquelles sa mère et sa sœur avaient couru toute leur vie ? Giada avait soudain le sentiment de mieux les comprendre. La simple idée d'être encore coincée avec Alessio dans ce chalet pour une durée indéterminée la faisait trembler de désir.

Supporterait-elle de se priver totalement de ce bonheur, ensuite ?

Oui. Elle avait résisté aux conditions sauvages et glaciales de l'Antarctique. Elle y arriverait. Elle n'avait pas le choix.

Giada prit une grande inspiration et se glissa hors du lit. Puis elle regarda Alessio, endormi.

Une mèche de cheveux sombre tombait sur son front. Son torse couleur de bronze était découvert jusqu'à la taille. Il était si beau qu'elle eut un mal fou à s'arracher à sa contemplation, puis elle revêtit son peignoir et retourna dans sa chambre. Les doigts tremblant, elle saisit son téléphone et l'alluma, espérant avoir enfin du réseau maintenant que la neige avait cessé de tomber. Mais le destin et la technologie n'étaient pas de son côté, et elle reposa le portable, prise d'un désespoir profond.

Elle se glissa entre les draps froids de son lit, s'attendant à se retourner sans cesse sans trouver le sommeil avant les premières lueurs de l'aube et pourtant, en quelques minutes, elle s'endormit.

À peine réveillée, elle se doucha et s'habilla comme elle pouvait avec les vêtements de Gigi : un legging déchiré, son soutien-gorge, le haut en résille qu'elle détestait et son vieux sweat-shirt. L'odeur du café l'attira dans la cuisine, mais c'est dans la salle à manger qu'elle retrouva Alessio. Assis au bout de la grande table en chêne, il consultait une pile épaisse de documents, une tasse de café fumant posée à côté de lui.

Refoulant les souvenirs scandaleux de leur dernière nuit, Giada fut à nouveau captivée par sa beauté. Il portait un pull en cachemire noir qui mettait en valeur ses muscles bien dessinés. Soudain, il leva la tête, et leurs regards se croisèrent.

Mais, alors qu'elle s'attendait à lire une froide indifférence dans ses yeux, il n'en fut rien, et il la fixa chaleureusement tandis qu'elle prenait place à table à côté de lui, où un petit déjeuner l'attendait.

Giada se servit un café et souleva le dôme d'argent qui recouvrait son assiette pour découvrir des œufs brouillés au bacon qui la firent saliver.

— Tu as cuisiné ? demanda-t-elle, étonnée.

Alessio leva un sourcil interrogateur.

— Ça te surprend ? Nous n'allions pas nous contenter des restes indéfiniment.

— Indéfiniment, je n'espère pas ! s'écria-t-elle.

Sans doute dut-il déceler une note de désespoir dans sa voix, car il lui lança un regard grave.

— Si tu espères t'échapper bientôt, tu vas être déçue, déclara-t-il. La météo prévoit une nouvelle tempête dans les prochains jours. Nous serons apparemment obligés de rester ici pour Noël...

Elle ne put réprimer un soupir de déception, et il se raidit.

— Étais-je si mauvais que cela au lit ?

Le cœur de Giada fit un bond, et elle se tourna vers Alessio.

— Je... Que veux-tu dire ?

— Tu sembles malheureuse à l'idée de passer une minute de plus avec moi dans ce chalet alors qu'hier tu paraissais avoir accepté la situation.

Giada glissa une mèche de cheveux derrière son oreille en sentant une flamme de désir la gagner.

— Beaucoup de choses sont arrivées depuis hier, en plus du...

— Du sexe ? compléta-t-il en souriant.

Elle rougit violemment et se lécha les lèvres en soupirant.

— Tu ne peux nier que tu as autant envie que moi de quitter cet endroit.

Alessio haussa les épaules.

— Pas au point de risquer la mort.

Il se pencha vers elle et, en voyant le feu qui dansait dans ses yeux, elle respira plus vite.

— Alors, j'étais si mauvais que ça ? insista-t-il d'une voix basse et profonde.

— Je crois que... ton ego n'a pas besoin d'être flatté, bredouilla-t-elle.

Il prit son temps pour répondre et savoura son café en la regardant d'un air insolent.

— C'est vrai, admit-il au bout d'un moment. Même si je dois avouer que c'était une première.

— Une première ? répéta-t-elle en écarquillant les yeux.

— Avant toi, aucune femme n'avait quitté mon lit sans que ce soit moi qui le lui demande d'abord.

Giada entreprit de découper son bacon afin de dissimuler son trouble.

— Peut-être que je préfère dormir seule après le...

Elle fut interrompue par le rire bas et profond d'Alessio.

— Quelle étrange créature vous faites, docteur Parker ! Délicieusement passionnée au lit, puis incapable de prononcer le mot *sexe* sans rougir.

Giada ignora la chaleur qui inondait ses joues.

— Cela n'a pas d'importance, car ce qui s'est passé la nuit dernière ne se reproduira plus, répliqua-t-elle rapidement, comme si elle craignait de changer d'avis.

Toute trace d'humour disparut du visage d'Alessio, et il se contenta de la fixer de ses yeux dorés.

— Pourquoi ?

— Parce c'était une erreur.

— Tu le regretteras.

Elle prit une grande inspiration et eut un mal fou à ne pas se jeter dans ses bras.

— Tu as raison, dit-elle. Cette première fois n'aurait jamais dû arriver. Je n'ai pas l'habitude de coucher avec des hommes que je connais à peine ou que...

Elle s'interrompit et se mordilla nerveusement la lèvre.

— Ou que tu as trahis par la même occasion ? suggéra-t-il.

Elle tressaillit et resta silencieuse.

— Au moins, tu as l'air d'avoir un semblant de morale, ajouta-t-il sur un ton glacial.

Une bouffée de colère la gagna. Elle reposa ses couverts et se tourna pour lui faire face.

— J'ai toujours eu une morale, Alessio. Ce que j'ai fait, je l'ai fait par amour pour ma sœur. Tu prends soin de ton frère de la même manière.

Ses yeux dorés lancèrent des flammes.

— Ne les compare pas.

— Pourquoi ? Parce que tu te considères comme supérieur à moi ? Ou à Gigi ? Dis-moi que tu ne ferais pas la même chose pour Massimo. N'êtes-vous pas engagés depuis des années dans une quête pour venger votre père ?

Il se leva d'un bond.

— Fais attention à toi, *bedda mia*.

Elle frémit en entendant le surnom affectueux prononcé avec une telle rage avant de se lever à son tour.

— Ton père voudrait-il que tu accomplisses ce que tu envisages de faire subir à tes oncles ? s'exclama-t-elle, sa poitrine se soulevant au rythme de son souffle court. Et ta mère, qu'en penserait-elle ?

Alessio s'approcha d'elle, et elle ne put réprimer un frisson.

— J'ai vu ma mère lutter toute sa vie pour nourrir ses enfants, le cœur brisé, et rejetée par sa propre famille. Alors oui, quand elle m'a fait jurer sur son lit de mort de restaurer l'honneur des Montaldi, je me suis engagé à le faire. Et rien ne m'en empêchera. *Capisci ?*

9

C'était presque drôle d'imaginer qu'elle allait passer Noël loin des disputes incessantes qu'elle subissait avec sa mère. Il faut dire que l'endroit où elle se trouvait était à couper le souffle. La neige avait cessé de tomber et, avec les reflets du soleil qui illuminait le paysage tout blanc, il était facile de se bercer d'illusions et d'oublier ses problèmes.

Presque.

Parce que, même si Giada contemplait ce paysage magnifique en essayant de voir le bon côté de cette veille de Noël, le bruit sourd des gants de boxe d'Alessio au sous-sol lui rappelait qu'elle se trouvait face à un autre type de tension.

Sa mère et lui avaient beau avoir des caractères diamétralement opposés, elle se retrouvait encore dans une situation conflictuelle. Ce qui soulevait forcément une question : était-ce elle, le problème ? Était-elle destinée à mener des guerres futiles avec ceux qu'elle laissait s'approcher ? Car, oui, Alessio Montaldi s'était glissé sous sa garde et avait marqué son empreinte au plus profond d'elle. Une empreinte qui ne s'effacerait pas, elle le savait.

Même après ses menaces, elle continuait à souffrir pour lui. Et cela lui avait fait de la peine qu'il quitte la table sans un mot. Elle s'installa dans la salle de cinéma et tenta de se distraire avec une comédie romantique sur Noël, mais elle fut incapable de se plonger dans l'histoire.

— Je t'entends penser d'ici, lança soudain Alessio depuis le seuil de la pièce.

Giada sursauta en se retournant et l'aperçut dans l'encadrement de la porte, vêtu d'un simple short.

— Pourrais-tu t'habiller, s'il te plaît ? demanda-t-elle d'une petite voix alors qu'il s'approchait lentement d'elle.

Il se contenta de lui sourire en la fixant.

— C'est pour ne pas me voir si peu vêtu que tu te caches ici ? s'enquit-il d'un ton moqueur.

— Pas du tout. Je te laisse juste un peu d'espace.

— C'est faux. Tu n'es pas d'accord avec certaines de mes positions et avec la façon dont notre discussion s'est achevée ce matin.

Il avait raison, mais jamais elle ne l'admettrait.

— Je te propose que nous mettions ça de côté, reprit-il d'une voix plus douce. Je n'ai pas envie d'être en conflit avec toi.

Elle lut dans son regard une telle sincérité que toutes ses velléités de protestations s'envolèrent. Et elle comprit alors qu'il y avait là un point qui différait totalement de ses disputes avec sa mère. Car jamais Renata n'aurait appelé à une trêve. Giada expira doucement.

— Moi non plus, avoua-t-elle dans un murmure.

Alessio hocha la tête et, sans plus de cérémonie, s'allongea sur le siège en cuir à côté d'elle.

— Que fais-tu ? demanda-t-elle tandis que son cœur faisait un bond.

Un bras soutenant sa tête, il la fixa avec une intensité troublante.

— Je me réconcilie avec toi, répondit-il d'une voix tranquille. On m'a dit que cela pouvait conduire à toutes sortes de conséquences heureuses.

— Comment pourrais-tu le savoir puisque aucune femme

ne se dispute jamais avec toi ? répliqua-t-elle en tentant de réprimer un pincement de jalousie absurde.

Il esquissa un sourire viril.

— En effet. Mes expériences passées ont été bien plus paisibles. Mais tu seras heureuse d'apprendre que je trouve ton esprit très stimulant.

Il s'interrompit et se pencha vers elle.

— D'ailleurs, cela aurait dû me mettre la puce à l'oreille, reprit-il en lui caressant doucement les cheveux. Car c'est un esprit très différent que j'ai croisé à Monaco. Il y a aussi chez toi un côté sauvage que je trouve captivant, ajouta-t-il d'une voix rauque.

— Je peux changer cela si tu veux oublier que je ne suis pas ma sœur, déclara-t-elle d'une voix amère.

Les yeux dorés d'Alessio lancèrent des flammes.

— Avise-toi seulement d'essayer, et je te plaque sur mes genoux pour te donner une fessée.

Elle sentit un frisson décadent la traverser en entendant ces paroles crues. Et terriblement excitantes... Pourtant, ce n'était pas son genre du tout. Elle n'aimait pas la perversité, quelle qu'elle soit. *Jusqu'à maintenant ?*

— Tu me menaces encore d'un châtiment corporel ? Comme c'est primitif de ta part !

Alessio pencha la tête, et une mèche de ses épais cheveux bruns tomba en travers de son front.

— Je te préviens seulement que je suis prêt à me battre pour ce que je veux.

Giada fut submergée par un désir si intense que sa peau la picota, et ses tétons pointèrent aussitôt à travers son pull. Si seulement elle avait eu des vêtements plus décents, elle aurait pu cacher l'effet dévastateur qu'il avait sur elle. Elle se rapprocha de la cheminée, espérant qu'il attribuerait son rougissement à sa proximité avec les flammes.

Mais, en croisant les yeux dorés d'Alessio, elle sut aussitôt qu'il savait précisément à quel point ses paroles l'avaient troublée.

— Tu serais prêt à te battre… pour *moi* ? murmura-t-elle.

Il détourna brièvement le regard, et elle comprit que lui aussi s'efforçait de dissimuler ses émotions.

— Plutôt que d'errer dans ce chalet de mauvaise humeur, je préfère que nous en tirions profit pour passer des moments qui nous soient agréables à tous deux.

Il parlait du plan physique uniquement, bien entendu. Mais cela n'empêcha pas le cœur de Giada de s'affoler dans sa poitrine. Parce que jamais personne ne s'était battu pour elle auparavant. Depuis toute petite, elle avait dû lutter pour la moindre miette d'estime ou de bonheur.

Alors, même s'il s'agissait d'une trêve temporaire et qu'elle était consciente qu'ils recommenceraient à se disputer, elle décida de s'abandonner corps et âme à ce plaisir infini. Il serait bien temps, quand tout cela ferait partie du passé, de mettre un terme à ce tsunami émotionnel.

— Alessio, embrasse-moi, s'il te plaît, gémit-elle en fermant les yeux.

Il pencha le visage à un centimètre d'elle.

— D'abord, je veux que tu me dises la vraie raison pour laquelle tu ne voulais pas que cela se reproduise, souffla-t-il contre ses lèvres.

Le ventre de Giada se noua. Il l'avait prévenue : dès que Gigi referait surface avec son précieux blason, ils ne se reverraient plus jamais. D'ici quelques jours, ils ne seraient plus que des souvenirs l'un pour l'autre.

— Giada, insista-t-il d'une voix rauque.

Elle inspira et plaqua une main contre son torse ferme, comme pour empêcher cette vague d'angoisse de l'emporter.

— Je me suis tellement efforcée de ne pas ressembler à Renata, murmura-t-elle. Je sais que c'est ma mère et que je ne devrais pas penser du mal d'elle, mais…

— Tu penses que faire l'amour avec moi te rend semblable à elle ?

— Ce n'est pas... quelque chose que je fais d'habitude, avoua-t-elle, terrifiée de constater à quel point il la comprenait.

Une flamme de triomphe éclaira les yeux d'Alessio.

— Je suis content de l'entendre, *bedda mia*. Et cela en soi devrait te montrer qu'il n'y a pas de risque à ce sujet.

Il fit glisser son pouce d'avant en arrière sur les lèvres de Giada, et elle respira plus vite.

— Tes choix n'appartiennent qu'à toi. Ils ne regardent personne d'autre.

C'était sans doute pour cela qu'Alessio Montaldi détenait le pouvoir qui lui permettait de faire des hommes les plus influents du monde de simples acolytes. Car, en cet instant, Giada elle-même avait le sentiment de pouvoir déplacer des montagnes. Elle sut que désormais elle garderait la tête haute face à Renata. Soudain bouleversée, elle lutta pour retenir les larmes qui lui montaient aux yeux.

Alessio se pencha vers elle, et elle lut dans son regard qu'il avait deviné son trouble.

— Tu ne le regretteras pas, n'est-ce pas ? demanda-t-il d'une voix basse qui la fit trembler.

Elle secoua la tête, incapable de parler.

— Dis-le-moi, *tesoro.*

— Pas de regret. Absolument aucun.

Il grogna doucement et l'allongea sur le canapé en cuir. Puis il l'embrassa fougueusement en les déshabillant tous deux d'une main experte. Et, quand il la pénétra profondément et qu'un plaisir inouï la submergea, Giada sut qu'en effet elle ne regretterait jamais ce moment.

En revanche, elle ne s'en sortirait pas indemne. Car Alessio Montaldi ne s'était pas contenté de s'emparer de son corps. Il avait également apposé son empreinte dans son âme.

Buon natale, Duci.

Giada garda les yeux fermés, mais un sourire lumineux éclaira son visage. Elle était bien au chaud sous les draps en coton épais du lit d'Alessio, qu'ils avaient fini par gagner au petit matin, après un réveillon de Noël somptueux. Ils avaient dîné merveilleusement au champagne, puis avaient tenté de regarder un film sicilien, mais la séance avait tourné court, car l'urgence de se caresser et de s'embrasser à nouveau avait été la plus forte.

L'apothéose de cette soirée resterait le moment où ils avaient fait l'amour debout devant la fenêtre de sa chambre derrière laquelle les flocons de neige virevoltaient. Giada savait que ce souvenir serait à jamais gravé dans son cœur.

L'odeur du café lui taquina les narines, et elle finit par ouvrir les yeux, mais alors elle sursauta car une cascade d'objets scintillants déferla sur le lit. Debout à côté d'elle, Alessio finissait de vider un grand sac contenant les ornements en cristal qu'elle avait vus près du sapin. Remplis de cadeaux précieux.

— Qu'est-ce que c'est ? demanda-t-elle en riant.

— C'est Noël. Je te laisse deviner.

— Mais, ce n'est pas... normal. Nous sommes coincés ici et...

— Nous avons décidé d'en tirer le meilleur parti, coupa-t-il avant de s'allonger au-dessus d'elle, les coudes de chaque côté de sa tête. Alors, encore une fois, *buon natale*, docteur Parker, acheva-t-il en déposant des petits baisers sur son visage.

Le cœur de Giada s'emballa dans sa poitrine, et elle s'efforça de cacher à quel point elle était émue.

— Joyeux Noël à toi aussi, Alessio.

Ils s'embrassèrent frénétiquement comme s'ils cherchaient chacun quelque chose d'essentiel chez l'autre. Et, quand il s'écarta d'elle, Alessio la regarda longuement sans un mot. Puis il se leva et se dirigea vers le plateau du petit déjeuner qu'il avait posé sur une table. Il servit deux tasses de café avant de lui apporter la sienne et de venir s'asseoir à côté d'elle sur le lit.

— Alors, tu ouvres tes cadeaux ? dit-il en lui lançant une des boîtes en cristal.

Elle serra l'objet entre ses doigts.

— Mais je n'ai rien pour toi.

Alessio lui lança un regard indéchiffrable.

— Tu m'as offert une vision alternative de ce qu'aurait dû être cette journée, et cela me fait un plaisir infini.

— Que veux-tu dire ?

— Eh bien, en général à Noël, je me contente de visiter la tombe de mes parents. C'était la période préférée de ma mère, et avec Massimo nous honorons sa mémoire. Mais je dois avouer que ce n'est pas très joyeux.

Giada sentit son cœur chavirer en pensant à la façon dont la vie de cet homme avait été brutalement brisée par ceux qui auraient dû le chérir. Elle posa sa tasse de café sur la table de chevet et glissa les bras autour des épaules d'Alessio.

— Si ça ne te dérange pas trop d'être coincé avec moi, alors je suis heureuse que ta journée soit un peu différente.

Il s'immobilisa, les yeux fixés sur elle.

— J'aimerais savoir une chose, docteur Parker.

— Oui ?

— Tu as mentionné ta mère à plusieurs reprises mais ton père, jamais. Pour quelle raison ?

Giada se tendit aussitôt et tenta de s'écarter, mais il la retint. Elle soupira. Au fond, elle s'était déjà tant confiée à Alessio. Qu'elle lui ouvre un peu plus son cœur ne changerait pas grand-chose à présent.

— Il n'a jamais fait partie de ma vie, expliqua-t-elle d'une voix triste. Lorsqu'elle était enceinte, ma mère a décidé qu'elle préférait être célibataire. Manifestement, cela convenait parfaitement à mon père, car il a déménagé en Nouvelle-Zélande et n'a jamais répondu, chaque fois que j'ai tenté de le contacter.

— Selon mon expérience, il finira par le regretter.

— Tu as une boule de cristal ?

— Non, mais tu n'imagines pas le nombre de contrats que je refuse au sujet de querelles familiales. Parfois, les gens ne comprennent pas que je ne suis qu'un fixeur. Pas un prêtre ni un médiateur.

— Tu ne veux pas de ces affaires à cause du fardeau émotionnel qui les accompagne ?

— Non, car ce n'est pas le mien. Je les refuse car, le plus souvent, il s'agit de personnes comme ton père qui ont commis une erreur qu'ils cherchent à effacer.

— Eh bien, maintenant, s'il le regrette c'est son problème !

— Exactement, déclara Alessio en se penchant vers elle pour l'embrasser. Maintenant, tu ouvres tes cadeaux, et ensuite j'ai une idée très précise de la manière dont tu pourras me souhaiter un joyeux Noël.

La première boîte contenait un bracelet en platine orné d'un superbe saphir. La deuxième, une paire de boucles d'oreilles en diamant.

— Alessio, je ne peux pas accepter, protesta Giada en ouvrant une troisième boîte, qui contenait encore un bijou inestimable.

— Tu le dois, dit-il en en poussant d'autres vers elle. Et je t'assure, *Duci*, tout ce dont j'ai besoin pour faire de ce *Natale* un moment mémorable est à ma portée.

Giada frémit de désir et comprit alors qu'Alessio s'était imprimé bien plus profondément dans son cœur qu'elle ne l'avait pensé. Elle redoutait déjà de quitter le chalet. Et de s'éloigner de lui. Pour cacher son trouble, elle ouvrit l'une après l'autre les boîtes qu'il lui tendait, consciente qu'elle n'emporterait aucun de ces trésors avec elle. Puis elle s'abandonna dans ses bras pour le reste de la journée qui, elle le savait, resterait gravée dans sa mémoire jusqu'à la fin de ses jours.

Le lendemain, alors qu'ils étaient allongés devant le feu de cheminée, une série de ding résonna dans la pièce. Giada sursauta et tenta de se retourner, mais Alessio la tenait captive entre ses bras.

— Alessio ?

— Mmmh, lâcha-t-il paresseusement en déposant des baisers dans son cou. J'adore la façon que tu as de prononcer mon nom.

Elle ne put réprimer un gémissement, mais soudain une autre série de ding retentit. Alessio s'écarta de Giada à regret, et elle soupira.

— La connexion Internet est rétablie, murmura-t-elle sans cacher sa déception.

Elle faillit le supplier de rester auprès d'elle et d'oublier le monde extérieur.

Mais il avait une vendetta à accomplir. Et elle... elle avait une mère à apaiser, une sœur à localiser. Et un métier à retrouver après le nouvel an. Pourtant, pour la première fois de sa vie, même la perspective de ce job qu'elle aimait tant ne parvint pas à effacer la tristesse qu'elle éprouvait à l'idée de quitter Alessio.

Celui-ci se leva et alla récupérer son téléphone, qu'il alluma. Son visage devint sérieux, puis franchement tendu à mesure qu'il découvrait ses messages.

Giada s'assit et enroula les bras autour de ses genoux en le contemplant. Elle savait qu'elle aussi devrait retourner dans sa chambre pour faire la même chose et reprendre le cours de sa vie. Mais elle était incapable de bouger, de rompre cette bulle de bonheur merveilleuse. Figée, elle regarda le pouce d'Alessio flotter sur l'écran de son portable. Il la fixa un moment de ses yeux dorés, puis pressa fermement une des touches. Une sonnerie retentit, puis une voix masculine grave répondit, et Alessio porta l'appareil à son oreille.

— *Ciao.*

La conversation fut courte et précise. Oui, il allait bien. Oui, il avait besoin que son hélicoptère vienne les récupérer aussi vite que possible.

Et, oui, ils auraient également besoin de son jet pour rentrer en Sicile.

Rentrer en Sicile.

C'est cette dernière phrase qui fit sortir Giada de sa torpeur. Elle se leva tandis qu'il raccrochait sans la quitter des yeux.

— Mon sicilien n'est pas parfait, mais ai-je bien compris que tu comptes m'emmener en Sicile avec toi ?

Il s'approcha d'elle de ce pas félin qui la faisait fondre et enfonça la main dans l'épaisseur de ses cheveux.

— *Se*. N'est-ce pas ce que nous avions convenu ?

Elle fronça les sourcils.

— Mais je pensais... Maintenant que tu sais que je ne suis pas Gigi, quel intérêt as-tu à me garder avec toi ?

Le beau visage d'Alessio devint aussi dur que de la pierre. L'espace d'un instant, il se contenta de la regarder avec une expression triste. Puis il fit doucement glisser le pouce contre sa lèvre inférieure.

— Tu penses que, parce que nous nous sommes donné tout ce plaisir, la situation a changé, *bedda mia* ? Et que je vais abandonner l'objectif de ma vie ?

L'angoisse la gagna. Comment avait-elle eu la témérité de croire qu'elle pourrait influer sur sa trajectoire ? Pourtant, même si elle comprenait à présent que c'était un rêve insensé, elle ne put s'empêcher d'insister.

— Est-ce que tu t'entends ? Comment cela peut-il être un *objectif* ? Tu as déjà le monde à tes pieds. Pourquoi ne pas envisager plutôt une réconciliation et mettre en avant la paix, le pardon... et l'amour ?

Alessio se raidit comme de l'acier et pencha la tête vers elle pour plonger les yeux dans les siens.

— Comment pourrais-je trouver la paix alors que ceux qui ont détruit ma famille sont toujours libres ?

Giada sentit son ventre se nouer au son de sa voix où le désespoir et la douleur étaient nettement perceptibles.

— Alessio…

Il laissa retomber ses mains comme s'il ne supportait plus de la toucher.

— J'ai fait une promesse, Giada. Et je tiens à la respecter.

Elle prit une grande inspiration, terrifiée à l'idée de ce qu'elle s'apprêtait à lui dire, mais incapable de s'en empêcher.

— Je comprends, murmura-t-elle. Mais tu devrais te poser la question suivante : le père qui t'aimait et qui t'a enseigné une vie intègre et honorable voudrait-il te voir t'abaisser au niveau de ceux qui l'ont trahi ? Et crois-tu que ta mère t'aurait arraché cette promesse si elle n'avait pas été aveuglée par le chagrin ?

Alessio serra les poings et la fixa d'un regard empli de fureur, mais elle reprit avant qu'il explose :

— Je sais que tu penses que je n'ai pas le droit de déclarer cela, mais n'y a-t-il pas un dicton qui dit « œil pour œil rend le monde entier aveugle » ?

— Es-tu vraiment en train de me conseiller de tendre l'autre joue ?

Elle haussa les épaules.

— Pourquoi pas ? Après tout, je n'ai rien à perdre. Je t'accompagnerai en Sicile pour que tu aies le sentiment de rester fidèle à ta promesse. Mais, une fois que Gigi t'aura rendu ton précieux écusson, nous en aurons fini l'un avec l'autre.

Alessio eut l'air momentanément déconcerté, comme si elle avait perturbé sa partie d'échecs magistrale.

Si elle n'avait pas été déchirée à l'idée de le quitter dans quelques jours, Giada aurait éclaté de rire face à sa mine perplexe. Et ils auraient fait l'amour passionnément une fois de plus, comme pour prolonger cette parenthèse enchantée.

Mais consciente que d'autres chagrins l'attendaient – car n'avait-elle pas ignoré tous les avertissements, croyant avec désinvolture qu'elle pourrait maîtriser ses émotions ? – elle se retourna et quitta le salon.

Leur intermède était terminé.

Il avait une quête à accomplir, et elle…

Elle grimpa l'escalier en courant, craignant de ne pouvoir contenir les sanglots qui menaçaient de jaillir de sa poitrine, et se précipita dans sa chambre.

Furieuse de sa propre faiblesse, elle traversa la pièce et prit son téléphone avant de l'allumer. Elle avait reçu trois messages. Le premier était celui qu'elle avait déjà lu, lors de la brève remise en marche du réseau. Le second datait de la veille de Noël.

Renata dit que tu ne seras pas là à Noël. Es-tu toujours avec lui ? QU'EST-CE QUE TU FAIS, BON SANG ? Appelle-moi. G.

Giada relut le SMS, comprenant avec stupéfaction que sa sœur était agacée. Comment Gigi pouvait-elle être aussi égocentrique ? Finalement, Alessio avait raison. Elle lui avait trouvé bien trop d'excuses dans le passé.

Elle inspira et cliqua sur le dernier message, arrivé le jour de Noël.

Appelle-moi maintenant, Gids. Pas sûre de savoir à quoi tu joues. G.

Un rire amer lui échappa. La mâchoire serrée, elle composa le numéro de sa sœur, mais elle tomba sur sa boîte vocale.

— Coucou, c'est moi, dit-elle, prise d'une vague d'émotion qui fit trembler sa voix. Je… Nous avons été bloqués par une tempête de neige dans le chalet d'Alessio.

Elle fit un bref résumé de la situation, sans préciser qu'elle avait couché avec l'homme qu'elle était censée tromper.

— Quoi qu'il en soit, rappelle-moi dès que tu as ce message. Et, s'il te plaît, dis-moi que tu as localisé son blason. Une dernière chose, Gigi, ajouta-t-elle à voix basse, Alessio sait que je ne suis pas toi. Il faut vraiment que tu lui rendes ce que tu lui as pris. C'est plus important pour lui que ce que tu crois.

Elle raccrocha et, sentant une présence dans son dos, se retourna et aperçut Alessio dans l'encadrement de la porte. Il s'était habillé, et ses yeux dorés lançaient des flammes.

— Tu n'as donc pas réussi à joindre ta sœur ?

— Inutile d'écouter aux portes, Alessio.

— Sans cela, comment obtiendrais-je ces informations si précieuses, *bedda mia* ? déclara-t-il d'une voix moqueuse.

Giada releva le menton, déterminée à lui tenir tête.

— En effet, je ne l'ai pas eue, mais je suis sûre qu'elle va m'appeler dès qu'elle aura eu mon message.

Une ombre de scepticisme traversa le beau visage d'Alessio.

— Quand perdras-tu cette confiance aveugle que tu as en elle ?

Le cœur de Giada fit un bond.

— Je n'ai que faire de ton regard méprisant sur ma façon d'agir avec ma famille.

Alessio s'approcha lentement d'elle.

— Il ne faut pas être trop accommodant avec les autres, tu le sais, n'est-ce pas, *Cara* ?

Elle ne put réprimer un frisson.

— Tu es énervé parce que je me soucie des autres et pas seulement de toi ? lança-t-elle.

Il se tendit, et elle comprit qu'elle avait visé juste. Quoi que cet homme ait nié vouloir d'elle, il n'était pas prêt à le partager.

— J'ai été témoin de ce qui arrive quand on est trop gentil, murmura Alessio. Les gens abusent de toi, jusqu'à ce qu'il ne te reste plus rien.

— Donc ta solution, c'est de ne rien donner à personne ? Tout garder en soi, jusqu'à ce que ça rétrécisse et que ça meure ? Est-ce vraiment ainsi que tu veux vivre, Alessio ?

— Il ne s'agit pas de...

— De toi ? Bien sûr que si. Tu te caches. Et tu juges tous ceux qui ne font pas comme toi.

Il lui lança à nouveau un regard perplexe, puis secoua la

tête et, avant même qu'il reprenne la parole, elle sut qu'il allait prendre ses distances avec elle.

— Contrairement à ce que tu penses, je ne suis pas venu écouter aux portes, mais t'informer de notre départ. Mon hélicoptère sera là dans deux heures. Sois prête à partir.

10

Tu te caches.

Les mots de Giada résonnaient dans l'esprit d'Alessio, en rythme avec les pales de l'hélicoptère au-dessus d'eux. Il n'était pas surpris qu'elle ait osé lui lancer de telles accusations alors que personne d'autre n'aurait eu le courage de s'adresser ainsi à lui. La témérité du docteur Parker l'avait attiré dès le départ. En revanche, elle se trompait. Il n'y avait qu'à voir l'état lamentable de sa propre famille.

Le rapport détaillé auquel il avait finalement eu accès dressait un tableau peu recommandable de cette mère italienne et de ses jumelles. Pourtant, jamais Giada n'avait tourné le dos à sa sœur et à sa mère. Elle avait même trouvé des excuses à leur comportement.

Aussi indignes soient-elles, elle ferait n'importe quoi pour elles.

Une sensation étrange, teintée de culpabilité, le fit bouger sur son siège, et il jeta un coup d'œil à la jeune femme. Les mains soigneusement posées sur les genoux, elle contemplait le paysage à travers la paroi vitrée. Si tout ce qu'il avait lu à son sujet était exact, Giada était diamétralement opposée à sa sœur.

Quant à Renata DiMarco…

Une bouffée de colère le gagna quand il songea à ce que cette femme avait infligé toute sa vie à Giada. Son ventre se noua. Cela ne lui donnait pas le droit d'émettre des jugements pour autant. Et au fond, peu importe. Car, malgré son séjour forcé dans le chalet enneigé, son plan se déroulait comme prévu. Ses oncles tombaient dans les pièges qu'il leur avait tendus. Il était donc impératif que son blason lui soit restitué. Il sentit une flamme d'impatience le brûler à l'idée de l'aboutissement prochain de ces années de préparation. Après, il pourrait enfin envisager une vie nouvelle et faire table rase du passé.

Pourquoi pas imaginer une liaison prolongée avec elle...

Non.

Alessio se força à détourner le regard de sa joue lisse et de son cou élégant.

C'était terminé.

Il se tourna à nouveau vers Giada et, en croisant son beau visage aux lèvres roses entrouvertes, il sentit son cœur faire un bond. Il devina qu'elle était un peu essoufflée. Elle le rendait fou. Lui, qui était expert dans l'art de régler les problèmes, ne parvenait pas à résoudre l'énigme du Dr Parker et les sentiments tumultueux qu'elle éveillait en lui. Jamais il n'avait été ainsi captivé par une femme. Il devait à tout prix briser cet état de dépendance.

Il ôta son manteau et le déposa sur ses frêles épaules.

— Tu as l'air d'avoir froid, dit-il. Nous atterrissons dans cinq minutes, et la température est toujours négative. La prochaine fois que tu décides de te lancer dans une escapade en changeant d'identité, pense à emporter des vêtements plus appropriés.

— Tu as assez de travail comme ça, *signor* Montaldi. Laisse-moi m'occuper toute seule de ma garde-robe, répliqua-t-elle en souriant.

Il fut soudain pris d'une envie folle de l'embrasser en lui faisant promettre de ne plus jamais se mettre en danger pour sa sœur.

Mais il savait que Giada défendrait à nouveau Gigi comme une tigresse. Elle était féroce dès qu'il s'agissait de sa famille.

Exactement comme lui...

Au fond, ils n'étaient pas si différents.

Giada appuya son téléphone contre son oreille pour la sixième fois depuis qu'ils étaient montés dans le jet luxueux d'Alessio. Une vague d'angoisse la saisit. Elle ne pouvait plus faire semblant. Il l'emmenait au cœur de son univers.

Même s'il avait érigé des barrières impressionnantes, elle avait entrevu la souffrance qui se cachait derrière son air impassible. Et maintenant elle savait qu'elle ferait tout pour protéger Alessio des conséquences funestes que cette vendetta risquait de lui coûter.

Après avoir laissé un énième message à Gigi, elle leva les yeux vers lui, et son cœur s'emballa quand elle croisa son regard. Puis il baissa la tête vers le portable qu'elle tenait à la main.

— Si tu essaies de joindre ta sœur, c'est inutile. Tu n'y arriveras pas.

Elle cessa de respirer.

— Comment le sais-tu ? Qu'as-tu fait ?

Le visage d'Alessio se durcit.

— Je vois que tu penses toujours le pire à mon sujet, déclara-t-il.

Elle s'en voulut tellement qu'elle sentit ses joues la brûler.

— Je te demande pardon. Je n'aurais pas dû te soupçonner immédiatement. Mais comment le sais-tu ? Où est-elle ?

Alessio se leva de son siège et vint s'asseoir en face d'elle.

— Elle est indemne, lâcha-t-il avec dédain. Elle a été repérée dans le sud de la France. Il semblerait que deux de mes oncles l'aient embauchée. Manifestement, elle n'y est pas de son plein gré.

Giada se pencha vers lui, le cœur battant.

— Pourquoi ?

— On dirait qu'elle a fait confiance aux mauvaises personnes, répondit-il en haussant les épaules.

— Ou alors, elle ignore qui ils sont réellement ! lança Giada. Qu'y a-t-il d'autre ? Qu'est-ce que tu ne me dis pas ?

Il la fixa un long moment avant de répondre :

— Ce sont eux qui sont en possession de mon blason. Pas ta sœur. Je pense qu'elle ne répond pas à tes appels, car elle n'ose pas te dire qu'elle ignore comment le récupérer.

Giada secoua la tête, incrédule.

— C'est impossible, elle ne ferait pas cela. Et pourquoi ne sembles-tu pas plus inquiet quant aux chances de récupérer ton blason ?

Le regard qu'il lui lança lui ôta tous les doutes qu'elle pouvait avoir sur l'homme à qui elle avait affaire.

— Tu oublies qui je suis. Ce n'est qu'une question de temps avant que je remette la main dessus.

— Et Gigi ? demanda-t-elle d'une voix désespérée, sachant déjà que la réponse d'Alessio lui briserait le cœur.

— Je suppose que ta sœur refera surface lorsqu'elle considérera que la voie est libre, répondit-il froidement. En attendant, notre accord tient toujours, *Duci*. Tant que je n'ai pas récupéré mon blason, je ne te quitte pas des yeux.

Elle le regarda, tiraillée entre ce qu'elle ressentait pour cet homme, qui n'hésiterait pas à la briser pour arriver à ses fins, et la loyauté qu'elle éprouvait envers sa sœur.

— Est-elle en sécurité ? interrogea-t-elle d'une voix faible.

— Aux dernières nouvelles, elle allait bien, assura Alessio avant qu'un steward vienne les informer qu'ils étaient sur le point d'atterrir.

Giada demeura silencieuse durant le trajet qui les menait de l'aéroport au domaine des Montaldi, situé près de Monreale. Alessio ne cessait de discuter au téléphone, en sicilien, puis en français et en allemand. D'après les bribes de conversation qu'elle comprenait, tous les pions étaient en place pour qu'il puisse accomplir sa vengeance.

Mais, malgré l'éclair de triomphe dans ses yeux qui ponctuait chacun de ses appels, le visage d'Alessio était de plus en plus tendu. Leur limousine passa un majestueux portail en fer forgé, puis elle s'engagea sur une route bordée d'arbres, et soudain le château des Montaldi apparut devant eux. Datant du XVIIIe siècle, il semblait sorti tout droit d'un conte de fées avec ses créneaux et ses tourelles.

— Bienvenue au *Castello* Montaldi, annonça Alessio en lui ouvrant la porte de la voiture.

Giada le suivit le long d'une entrée au plafond voûté, puis dans un hall de marbre d'une beauté à couper le souffle.

— Je dois aller travailler, mais Vincenza va te montrer ta chambre, reprit-il, tandis qu'une femme mûre aux cheveux grisonnants s'avançait vers eux en souriant. Elle t'aidera également à choisir une tenue pour ce soir. J'en ai fait livrer quelques-unes au château.

— Que se passe-t-il, ce soir ? demanda Giada.

— Une fête de famille, répliqua Alessio, un étrange sourire au coin des lèvres. Tu es mon invitée, bien sûr.

Le cœur battant, Giada suivit la gouvernante le long d'un large escalier.

— Le *castello* est grand, *signora*, vous risqueriez de vous perdre sans moi, expliqua Vincenza en souriant.

La femme lui décrivit brièvement le bâtiment qui contenait en effet dix-neuf chambres, une chapelle ainsi qu'un parc privé. Puis, après avoir arpenté plusieurs couloirs, elle s'arrêta devant une double porte qu'elle ouvrit avant d'inviter Giada à entrer. Celle-ci pénétra dans une pièce magnifique ornée d'un grand lit à baldaquin et de vastes fenêtres décorées de rideaux de velours rouge. Au pied du lit, suspendues à un portant, des robes de créateur toutes plus éblouissantes les unes que les autres les attendaient.

Alors que Vincenza se préparait à se retirer après lui avoir promis un plateau de rafraîchissements, Giada la retint d'un geste de la main.

— Cette fête a-t-elle lieu pour une raison spécifique ?

— Le bal de Noël des Montaldi est une tradition commencée par sa *matri* et que *signor* Alessio perpétue, répondit la femme d'une voix triste.

Un bal. Bon sang, Alessio...

— Je vois, répondit Giada. À quelle heure dois-je être prête ?

— 19 heures, précisa la gouvernante. Je reviendrai pour vous aider à vous préparer.

Giada la remercia et, lorsque le plateau promis arriva, elle dévora avec plaisir quelques olives, un délicieux ragoût et des pâtisseries, arrosés d'un limoncello bien frais. Puis elle prit un long bain en essayant d'oublier qu'elle n'avait toujours aucune nouvelle de sa sœur.

Elle opta pour la robe couleur orange sanguine dont la teinte s'accordait avec les armoiries des Montaldi qu'elle avait vues gravées sur plusieurs objets dans sa suite.

Le sourire d'approbation de Vincenza quand elle entra apaisa sa nervosité grandissante. Et, en voyant dans la glace son reflet alors que la gouvernante achevait de la coiffer d'un chignon élaboré, Giada dut reconnaître que le résultat était satisfaisant.

Elle sourit à la vieille femme et la remercia chaleureusement. Celle-ci lui rendit son sourire avant de lui montrer la pochette en velours qu'elle avait apportée.

— De la part du *signor* Montaldi. Vous devez les porter avant d'aller le retrouver en bas.

Giada découvrit, émerveillée, un collier et des boucles d'oreilles étincelants de rubis et de diamants, parfaitement assortis à la robe qu'elle avait choisie.

Troublée, elle acquiesça en se mordillant la lèvre, et Vincenza l'aida à accrocher les bijoux. Puis, après un dernier coup d'œil à son portable, elle sortit de sa suite sur les pas de la gouvernante.

Ce n'est que lorsqu'elles furent au rez-de-chaussée et qu'elles eurent traversé une série de couloirs que Giada perçut les premiers accords de musique classique.

— *Buonasera, Duci*, lança quelqu'un dans son dos.

Elle se retourna le cœur battant et découvrit Alessio, qui congédia Vincenza d'un sourire avant de la contempler longuement d'un air grave.

— Tu es éblouissante, murmura-t-il enfin d'une voix rauque.

Lui-même était sublime dans son smoking noir, avec ses cheveux peignés en arrière qui lui donnaient un air dangereux et terriblement sexy. Giada fut prise d'un désir aussi puissant que vertigineux et, en voyant la chaleur de son regard, elle sut qu'elle était tombée irrémédiablement amoureuse de cet homme.

Et cette vérité la laissa muette tandis qu'il s'approchait d'elle et soulevait doucement son menton pour qu'elle le regarde dans les yeux.

— C'est l'heure, dit-il gravement.

— L'heure de quoi ? demanda-t-elle, confuse.

Il lui lança un regard sombre comme la nuit avant de glisser un bras sous le sien.

— L'heure de régler mes comptes pour que les morts puissent enfin reposer en paix.

Il n'avait plus le choix.

Sinon, à quoi bon s'être battu pour en arriver là ? Et avoir tant sacrifié ?

Il est peut-être temps de laisser tomber...

C'étaient les mots traîtres de Giada, et pourtant c'est son frère, Massimo, qui les avait prononcés, une heure auparavant. Cette nuit parmi toutes les nuits, alors que la vengeance était enfin à portée de sa main ? Alors qu'un de ses oncles avait fui la Sicile et que les deux autres étaient là, tremblants, avides de son pardon ?

Le regard suppliant que lui lança son frère quand il entra dans la salle de bal lui noua le ventre. À croire que Massimo et Giada s'étaient liés pour le faire changer d'avis.

Le pire, c'est qu'il avait imaginé cette possibilité l'espace d'une minute et, *santo cielo*, la légèreté qu'il avait ressentie lui avait coupé le souffle. Mais le temps de ce bref abandon, d'autres aspirations vertigineuses s'étaient emparées de lui, le tourmentant avec des mirages impossibles. Sur ce à quoi sa vie pourrait ressembler.

Avec Giada Parker. Avec... son amour ?

C'est là qu'il avait su que cela n'arriverait jamais. Car la férocité de ce qu'il avait ressenti surpassait de loin tout ce qu'il avait éprouvé dans sa vie, et cela l'avait terrifié.

Donc, non, il ne lâcherait pas prise. Car cela signifierait ne plus être amarré. Être seul. Et, pour la première fois de sa vie, Alessio n'était pas prêt à relever un tel défi.

Quand les portes de la salle de bal s'ouvrirent et que des dizaines de regards se posèrent sur eux, Giada ne put réprimer un frisson et elle s'accrocha plus fermement au bras d'Alessio.

Il l'entraîna d'un pas rapide dans la pièce, son regard féroce transperçant les invités qu'ils croisaient comme s'ils n'étaient pas là.

Un serveur s'approcha avec du champagne, et Giada accepta une coupe mais, quand elle se tourna vers Alessio, elle vit que son visage était plus tendu que jamais.

— Alessio...

— Te voilà, *frati* ! Je commençais à croire que tu ne viendrais jamais.

Giada se tourna vers la seule personne qui avait osé s'approcher d'eux et elle écarquilla les yeux en constatant sa ressemblance avec Alessio.

Massimo inclina la tête, puis posa le regard sur elle.

— Si je ne me trompe pas, c'est à cause de moi que vous avez été coincée avec mon frère, déclara-t-il gentiment. Dois-je vous demander pardon ou…

— Est-ce que tout est en place ? coupa Alessio d'un ton glacial.

Giada vit luire un éclair de compassion dans les yeux dorés du jeune homme, avant qu'il se tourne vers son grand frère.

— *Se, frati.* Mais es-tu sûr de vouloir faire ça ? Nous pouvons très bien…

— J'en suis certain, répliqua Alessio.

Massimo marqua une pause, puis il hocha la tête en direction d'un homme qui se tenait non loin, une grosse boîte dans les mains. Aussitôt, celui-ci s'approcha de l'estrade où jouait un quatuor. Lorsque la musique s'interrompit, Alessio libéra le bras de Giada et, sans lui jeter un coup d'œil, s'avança à son tour vers l'estrade, suivi de Massimo.

Le cœur de Giada s'emballa dans sa poitrine tandis qu'un silence épais s'installait dans la salle et que les regards se tournaient vers les hôtes de la soirée.

— Tout le monde ici est lié d'une manière ou d'une autre à ma famille, annonça Alessio. Vous connaissez donc notre histoire et le mal qui nous a été fait.

Il s'interrompit et scruta l'assemblée, les yeux plissés.

— Une partie de ceux qui nous ont trahis sont présents ce soir, reprit-il sous les murmures stupéfaits. Ils mangent et boivent à ma table en osant espérer que j'ai oublié. Je… *Nous* n'avons pas oublié, ajouta-t-il en lançant un regard à son frère avant de faire signe à l'homme à la boîte, qui s'avança vers eux.

Avant même qu'Alessio l'ouvre, Giada savait ce qu'elle contenait. Et en effet, quand il souleva le couvercle, elle vit briller un écusson de la taille d'une grande assiette. L'objet magnifiquement réalisé était incrusté de rubis et d'émeraudes et portait le même motif de lions ailés sur fond orange sanguine qu'elle avait vu partout dans le château.

Alessio souleva le blason et le tint devant lui.

— Ce soir, avec ce *cresta* qui nous est revenu, mon frère et moi réclamons notre droit d'aînesse et moi, ma place légitime de chef de la famille Montaldi, annonça-t-il d'une voix ferme. Que quiconque s'y oppose s'exprime sur-le-champ.

Une rumeur puissante monta dans la pièce, mais personne n'osa élever la voix. Alessio acquiesça avant de reprendre :

— Nous revendiquons également le droit de demander justice comme bon nous semble. Les coupables se reconnaîtront. Qu'ils se montrent.

La foule s'écarta lentement pour révéler deux hommes aux cheveux gris, et Giada sut aussitôt qu'ils étaient les oncles dont Alessio avait parlé. Ils s'avancèrent vers celui-ci en murmurant des supplications et, lorsqu'ils furent suffisamment près, ils s'inclinèrent pour lui baiser la main frénétiquement en signe de soumission.

Alessio posa sur eux, puis sur Giada, un regard livide.

Elle ne sut si elle murmura « non » ou si elle se contenta de le crier en pensée. Quoi qu'il en soit, les yeux d'Alessio s'assombrirent. Laissant ses oncles agenouillés devant lui, il quitta soudain l'estrade et sortit de la salle de bal.

Giada savait que si elle ne le poursuivait pas maintenant, elle le perdrait dans ce *castello* labyrinthique. Mais surtout, elle avait besoin de lui apporter son réconfort. Alors, quand elle vit sa grande silhouette s'engouffrer dans ce qui ressemblait à un bureau, elle le suivit. Mais elle s'immobilisa sur le seuil en comprenant qu'il parlait au téléphone.

— Et qu'en est-il de la femme Parker ? s'enquit-il d'un ton dur.

Giada cessa de respirer, puis comprit très vite qu'il ne parlait pas d'elle.

— L'accord portait sur la restitution de mon bien. Rien d'autre. Elle s'est mise toute seule dans ce pétrin. À elle d'en sortir.

— De qui parles-tu ? s'écria-t-elle sans pouvoir se retenir. De Gigi ?

Alessio se retourna, et dans son regard elle vit briller la flamme noire de la vengeance.

— Réponds-moi, Alessio !

Il s'approcha d'elle et lui ferma la porte au nez. Sous le choc, elle saisit la poignée en frappant du poing sur la porte.

— Alessio !

Sa voix résonna une bonne minute avant qu'il ouvre à nouveau. Il n'était plus au téléphone.

— Que voulez-vous, docteur Parker ? demanda-t-il, plein de fureur contenue.

— Que se passe-t-il ? dit-elle en se précipitant dans la pièce. À qui parlais-tu ? Rappelle-les !

— Non. Ta sœur ne présente plus aucun intérêt à mes yeux.

— Tu es vraiment une ordure, lâcha-t-elle, des larmes dans les yeux.

— Pas du tout. J'ai été magnanime en n'exigeant pas qu'elle soit emprisonnée. Et je suis prêt à faire preuve de la même générosité envers toi.

L'espace d'une seconde, le cœur de Giada fit un bond.

— Que veux-tu dire ?

— Puisque nous avons établi que nous apprécions la compagnie l'un de l'autre, j'aimerais que tu restes à Palerme avec moi jusqu'au nouvel an, déclara Alessio en faisant glisser les doigts le long de son cou.

Un désir puissant la gagna, et elle faillit succomber, mais elle parvint à s'écarter en secouant la tête.

— Tu ne comprends pas ? Jamais je ne pourrais être avec un homme qui rejette les gens comme tu le fais. La réponse est non. Je ne partagerai pas ton lit alors que ma sœur n'est pas en sécurité. Qu'elle soit fautive ou non, je pars à sa recherche. Et j'espère que tu tiendras ta promesse en ne lançant pas la police à mes trousses. Ou bien était-ce une promesse en l'air ? En tout cas, je pars d'ici, dès que tu m'auras dit où elle se trouve.

Il lui sembla qu'Alessio avait un peu pâli, pourtant rien ne vint perturber son air glacial.

— Si c'est ce que tu veux..., répondit-il en haussant les épaules.

— Oui, affirma-t-elle rapidement, submergée par un flot d'émotions qui menaçaient de l'affaiblir si elle restait plus longtemps en sa présence.

Alessio se tourna vers la fenêtre.

— Une adresse te sera fournie dès que ta valise sera prête.

Ayant le sentiment que son univers s'écroulait, Giada sortit de la pièce en vacillant. Elle ne se souvint pas comment elle parvint à retourner dans sa chambre. Elle rangea rapidement ses affaires, en proie à une confusion totale, mais au moment où elle se préparait à sortir elle vit son reflet dans le miroir. Elle s'aperçut alors qu'elle portait toujours la robe de bal. Et les sublimes bijoux de la famille Montaldi.

Un sanglot lui échappa tandis qu'elle enlevait les boucles d'oreilles. Mais, après avoir bataillé dix minutes, elle comprit qu'elle n'arriverait pas à ouvrir seule le fermoir du collier en diamant et rubis.

Elle crut devenir folle face à l'ironie de sa situation.

Mon Dieu, si c'était ça, l'amour, elle n'en voulait pas !

Menteuse.

Tu le veux avec cet homme qui vient de te briser le cœur. Tu le veux avec chacune des fibres de ton être.

Un autre sanglot s'étrangla dans sa gorge. Puis elle soupira, soulagée, en entendant des pas dans son dos.

— Vincenza, Dieu merci ! Je n'arrive pas à enlever ce collier...

Des mains chaudes lui enserrèrent les épaules, et elle frissonna en sentant le souffle tiède d'Alessio dans son cou.

— J'ai décidé que nous n'en avions pas tout à fait terminé, toi et moi. J'ai encore des choses à te dire.

— Nous n'avons plus rien à nous dire ! protesta Giada. Surtout après que...

Mais ses mots moururent sur ses lèvres quand elle se retourna et vit l'angoisse gravée sur le visage d'Alessio.

— Tout cela est ta faute, tu le sais, n'est-ce pas ? lâcha-t-il à voix basse.

— Que veux-tu dire ?

— En quelques jours, tu m'as rendu dépendant de toi. Après la mort de mes parents, je me suis entraîné à ne rien attendre de personne. Mais toi, *Duci*... Toi..., ajouta-t-il en lui secouant doucement les épaules. Ne comprends-tu pas ce que tu as fait ? Ce soir, j'ai abandonné tous mes projets de vengeance par miséricorde. Je t'ai annoncé que je ne voulais plus rien avoir à faire avec ta sœur et je viens de négocier sa libération en m'endettant auprès de personnes douteuses. Elle rentre chez elle et a promis de t'appeler au moins deux fois par semaine à partir de maintenant.

Il eut un rire amer tandis que Giada laissait des larmes de gratitude ruisseler le long de ses joues et il enfonça les mains dans sa chevelure pour la forcer à le regarder.

— Personne d'autre n'a ce pouvoir sur moi. Si cela s'apprenait, ce serait ma fin, ajouta-t-il, les yeux brillants. Que vais-je faire, à présent ? J'ai réduit en poussière toutes les affaires illégales de mes oncles. Je les tiens à ma merci dans le creux de ma main et je ne peux me résoudre à les écraser. *Diu mio*, j'envisage même de leur pardonner. Tu m'as détruit, docteur Parker.

Le cœur de Giada fit un bond.

— Je crois plutôt que tu as prouvé qui tu étais vraiment. Un homme bon et digne de ton père. À présent, tu peux vivre en paix et te souvenir de tes parents comme des personnes merveilleuses qu'ils étaient, sans être alourdi par le fardeau de la vengeance. Tu peux aimer librement qui tu veux.

— Et si la femme que je veux aimer ne veut plus de moi ?

Elle se mit à trembler mais rassembla tout son courage pour soutenir son regard.

— Tu es un fixeur, Alessio Montaldi. Le meilleur et le plus redoutable qui soit. Alors, si c'est le cas, fais ton travail.

La main d'Alessio retomba lentement le long de son corps, et il se contenta de la fixer de ses yeux dorés.

Giada tenta de calmer sa respiration.

Je te fais confiance.

Ce n'est qu'en voyant l'expression d'Alessio qu'elle comprit qu'elle venait de prononcer cette phrase à voix haute.

— *Diu mio.* Je ne te mérite pas. Et je ne mérite pas ta confiance.

Son cœur se fendit, mais elle était résolue à tenir bon.

— Pourquoi ?

— Parce que j'ai hésité, Giada. Tu m'as demandé de venir en aide à quelqu'un que tu aimes, et j'ai hésité parce que j'avais peur. Peur de lâcher prise et de ce que cela signifierait pour moi. Je sais maintenant que je donnerais ma vie pour toi. Mais ce pouvoir que tu as sur moi... il me terrifie.

Elle réprima un nouveau sanglot et s'écarta de lui.

— Alors c'est fini.

— Quoi ? s'exclama-t-il en la retenant tandis que ses yeux lançaient des flammes.

— Si tu es trop terrifié pour affronter ce pouvoir, alors il n'y a plus rien à discuter. Je vais prendre quelques jours de congé. Et essayer de trouver un homme qui...

— Je viens juste de mettre un *vinnitta* de côté, *tesoro.* Ne me lance pas tout de suite dans une nouvelle bataille.

— Voilà l'Alessio dont je parle, déclara Giada d'un ton taquin. Feras-tu ce qu'il faut, alors ?

Il l'attira contre lui de ses bras puissants.

— C'est ça que tu veux ? Me voir totalement vulnérable et exposé ? Savoir que je t'aime tellement que ça me terrifie ? ajouta-t-il d'une voix qui se brisa.

— Oui, répondit-elle en levant les mains pour les poser sur son visage. Parce que je veux que ton cœur s'ouvre et que tu vives pleinement, Alessio.

Il la fixa un long moment et, dans ses yeux, elle vit briller l'incrédulité, puis l'espoir et enfin, la joie. Et l'admiration.

— Giada...

— Je t'...

— Non, coupa-t-il en posant un doigt sur ses lèvres. Avant que tu prononces ces mots, il faut que tu en sois sûre, *Duci*. Parce qu'une fois que je m'empare de quelque chose j'ai tendance à ne jamais le lâcher. Au point de devenir obsessionnel, de me mettre en colère et de tout brûler. Tu as vu ce que j'ai failli faire avec ta sœur...

— Le regrettes-tu ?

— Oui, à chaque seconde de ma vie.

— Tu as commis une erreur, mais n'oublie pas qu'ensuite tu l'as réparée. La vie est un puzzle complexe, Alessio. Tu ne peux pas te fermer à l'amour à cause de cela.

Il expira lentement.

— Je pense toujours que...

— Répète encore une fois que tu n'es pas digne de moi, et je m'en vais.

Les yeux d'Alessio s'illuminèrent.

— Je t'aime, Giada. Et je te jure que je gagnerai ton amour. Jamais je ne te laisserai douter de mon dévouement. Bénis-moi avec ton cœur, et je ferai le vœu de le chérir aussi longtemps que je vivrai.

Elle laissa les larmes de joie couler le long de ses joues.

— Je dis oui à tout cela. Nous nous aimerons et nous accepterons la peur. Et, quand nos enfants naîtront, nous leur montrerons qu'un tel amour en vaut mille fois la peine.

Il la serra contre lui en secouant la tête.

— Je ne crois ni au destin ni à la chance et, pourtant, je suis presque reconnaissant à ta sœur de m'avoir volé l'écusson, car cela m'a mené jusqu'à toi.

— J'ai le droit de te dire que je t'aime maintenant ? murmura-t-elle, tandis que son cœur menaçait d'exploser dans sa poitrine.

— *Se. Per favore.*

Elle effleura ses lèvres des siennes et s'écarta, avant qu'il capture sa bouche dans un baiser plus profond.

— *Ti amo tanto, Alessio.*

— *Chista è da me*, souffla-t-il contre ses lèvres avant de l'embrasser passionnément.

— Oui, gémit-elle en s'écartant de sa bouche. Je suis à toi. Maintenant et pour toujours. Retournons au bal et fais-moi danser, Alessio. Nous avons un nouvel an à fêter.

— Un nouvel an et le reste de nos vies, compléta-t-il.

Comme elle avait deviné qu'il le ferait.

Car c'était tout ce qu'elle attendait.

Vous avez aimé ce roman ?
Retrouvez en numérique l'histoire de Severino Valente,
l'ami de votre héros, dans
Un contrat envoûtant, de Maya Blake.